Bibliografische Information der Deutschen Nationalbibliothek :
Die Deutsche Nationalbibliothek verzeichnet diese Publikation in der Deutschen Nationalbibliografie; detaillierte bibliografische Daten sind im Internet über http://dnd.d-nb.de abrufbar.

Copyright :
© 2016 Sabine Hauer
Herstellung und Verlag :
BoD - Books on Demand, Norderstedt
Druckvorlage : Thomas Hauer

ISBN : 9-783741-298165

 # Ein Wort vorab

In den langen Jahren, die ich nun schon Hunde habe und in denen ich viele verschiedene Hundehalter kennen lernen durfte und musste, habe ich eines festgestellt: Es gibt drei Arten von Welpenkäufern.

Erstens: „Die völlig Ahnungslosen"

Das einzige, was diese Menschen über ihren zukünftigen Welpen wissen, es soll ein Hund sein! Aber was für einer? Groß oder klein, kurzhaarig oder lang, Männlein oder Weiblein? Natürlich alles sehr schwierige Fragen, aber der Ahnungslose ist nicht faul und so werden Fachbücher überflogen, das Internet durchforstet und irgendwann wird man fündig! Der soll es sein! Aussehen gefällt, der „stellt was dar", kurz noch einen Familienrat abgehalten und dann nichts wie ab zum Züchter.
Kann gut gehen, wird es aber leider meistens nicht, denn obwohl die Fachbücher über Hunderassen heutzutage doch schon sehr genau sind, sind Welpen doch eigenständige Lebewesen, die manchmal nicht viel von den gedruckten Rassestandards halten. Warum auch?

Sie können ja schließlich nicht lesen. Wissen also auch nicht, wie sie sich laut Rassestandard zu verhalten haben.

Und plötzlich tauchen Probleme auf, die im Buch so nicht beschrieben waren. Im schlimmsten Falle landen die armen Würmer dann im Tierheim. Traurig, aber wahr!

Dann wären da noch die „Entschlossenen"

Die Entschlossenen wissen zumindest schon mal ganz genau, in welche Richtung der neue Mitbewohner gehen soll, zum Beispiel Schäferhundgröße oder kleiner oder Kurzhaar. Allerdings sind auch sie noch nicht so ganz auf eine Rasse fixiert! Es kommen zwei, drei in Frage, die Ihnen so richtig gut gefallen, entschieden wird dann meistens beim Welpengucken. Diese Welpen haben es schon richtig gut getroffen, denn diese Methode ist meistens eine Bauchentscheidung und somit richtig!

Ja, und nun haben wir die Begegnung mit der dritten Art, den „Infizierten"!

Die Infizierten sind Ihrer Lieblingsrasse mit Leib und Seele verfallen und nichts auf der Welt könnte sie davon abbringen, sich genau solch einen Welpen zu holen.

Mit ganz oben auf der Liste der Infizierten

– so meine Meinung –

stehen die Boxerhalter.

Boxermenschen sind, nun ja, wie soll ich es ausdrücken, meist recht seltsame Wesen! Aber dazu später mehr.

Einmal mit dem Boxervirus infiziert, gibt es für sie kein Zurück mehr und alle anderen Hundehalter reagieren auf sie meist mit einer ordentlichen Portion Unverständnis und Mitleid.
Denn mal ganz ehrlich: Welcher Normalhundehalter kann es sich vorstellen – als kleines Beispiel – sich mit einem, zwei oder gar drei dieser großen und sabbernden Monster ein Bett zu teilen! Für den Boxerinfizierten ist das allerdings das Größte!
Nun, und von so einem Boxerinfizierten Menschen und dessen „Virus" handeln die nachfolgenden, zwar wahren, aber nicht immer so Bierernst gemeinten kleinen Geschichten...

„Der deutsche Boxer: ein mittelgroßer, kurzhaariger Hund mit lebhaften, eleganten Bewegungen. Kräftig gebaut, mit einem selbstbewussten, ausgeglichenen Wesen, verspielt bis ins hohe Alter."

Ich denke, jeder Boxerliebhaber kennt diese oder ähnliche Beschreibungen.

Ein Boxer polarisiert: Entweder ist man ihnen mit Haut und Haaren verfallen, oder man mag sie überhaupt nicht.

Ich habe mich mit dem „Boxervirus" schon sehr früh infiziert. Meine Eltern waren in meinen jungen Jahren stolze Besitzer eines großen Schrebergartens. Genau das richtige für ein kleines Mädchen, die vom Temperament her eher eine „Göre" war. Mit Lederhosen auf Bäumen herum turnen, alleine durch die Gegend streifen, das war meins.

Mit meinem Vater verband mich damals vor allen Dingen eine Sache: Die Tierliebe! Speziell Pferde und Hunde. Mein Vater, mit Schäferhunden und Pferden aufgewachsen, war natürlich selig, dass einer seiner Sprösslinge diese Leidenschaft mit ihm teilte und so schleppte er sein Töchterchen – damals gerade mal 6 Jahre alt – in jeder freien Minute mit auf den Übungsplatz des ansässigen Schäferhundvereins.

Sehr zu seinem Leidwesen jedoch interessierten diese Langschnauzen sein Töchterchen überhaupt nicht, denn nahe am Schrebergarten gab es noch einen Hundeübungsplatz. Mit ganz besonderen Hunden. Mit kurzem Fell und kurzen Schnauzen, die lustige Geräusche machten und mit dem kompletten Hinterteil wackelten, wenn man sie ansprach und die so tolle Blubberblasen mit der Schnauze machen konnten, wenn eine kleine Hand ihnen ein Stückchen Keks hinhielt.

Von diesem Tag an durfte mein Vater allein zu den Schäferhunden gehen. Sobald sich eine Gelegenheit bot, war seine kleine Tochter aus dem Garten verschwunden, mit einem kleinen Rucksack vollgestopft mit Keksen und Saft und drückte sich die Nase am Zaun des Übungsplatzes genau so platt, wie die ihrer heiß geliebten „Blubberhunde". Vielleicht erinnert sich sogar der eine oder andere der alten Boxerleute noch an die ziemlich schmuddelige, kleine Göre, die ständig um ihre Hunde herum schlich, wer weiß?

Der Boxervirus hatte mit voller Wucht zugeschlagen und eine große Liebe zu dieser wundervollen Hunderasse war geboren. Lange, sehr lange hat es gedauert, bis endlich bei mir der erste Boxer einzog. Andere Hunderassen, aber nie ein Boxer. Da der deutsche Boxer – dem Himmel sei Dank – noch niemals ein Modehund war, sondern eine Liebhaberrasse, traf man natürlich nicht so oft ein Exemplar. Aber so ab und an sorgte das Schicksal dafür, dass meine Liebe zu diesen Knautschnasen nicht in Vergessenheit geriet.

 # Charly

Eines Tages rief mich meine Freundin aus Jugendzeiten an. Sie wohnte seit ihrer Hochzeit mit einem amerikanischen Soldaten knapp 600 Kilometer von unserer Heimatstadt entfernt. Sie wollte mich gerne noch einmal sehen – ein Abschiedstreffen sozusagen – denn sie würde in Kürze mit ihrem Mann zurück in die USA fliegen. Wir verabredeten uns in einem Café, und als ich dort eintraf, erlebte ich die Überraschung meines Lebens. Neben ihr, auf der Nase ein Leckerli balancierend und dabei völlig gelangweilt einer Kellnerin hinterher schauend, saß ein 3 Jahre alter, hirschroter Boxerrüde! Dass meine Freundin plötzlich Nebensache war, muss ich wohl nicht extra erwähnen. Anstelle einer Begrüßung hagelte es heftige Vorwürfe, weil sie mir nie von Charly erzählt hatte.
Natürlich wollte ich den Buben gleich ordentlich begrüßen und knuddeln. Ging aber nicht! Wegen des Leckerlis auf seiner Nase. Zwar wackelte sein Stummelschwänzchen sanft hin und her, aber er bewegte sich keinen Zentimeter, egal, wie sehr ich ihn lockte. Schließlich war es seine Aufgabe, diesen Keks so lange auf seiner Nase zu halten, bis meine Freundin ihm das Kommando zum Fressen gab und das nahm Charly

sehr, sehr ernst. Boxerehrensache, sozusagen. Ich schwöre – in der kurzen Zeit, die ich Charly erleben durfte, hat dieser Boxer Stunden damit verbracht, irgendwelche Nahrungsmittel auf seiner Nase zu balancieren. Egal wo, selbst in einem fahrenden, ruckelnden Bus. Er hat dabei den Keks nicht einmal verloren! Ich wollte gerade aufstehen – es sah wohl etwas blöde aus, mitten in einem Café auf der Erde zu hocken und einen Hund anzustarren – als ich plötzlich ein gezischtes „Get it" hörte. Eine fließende Bewegung des Kopfes, das Leckerli verschwand im Boxermaul und ich wurde nach bester Boxermanier von einem 35 Kilo Hund in Grund und Boden gestampft! Als ich mich nach ein paar Minuten befreien und von oben bis unten vollgesabbert, mit puterrotem Kopf endlich an den Tisch setzen konnte, grinste meine Freundin mich nur seelenruhig an.
Ja nun, das war wohl ihre kleine Rache für die etwas nörgelige Begrüßung meinerseits.

Die letzten paar Tage, die meine Freundin noch in Deutschland war, verbrachten wir so oft wie möglich zusammen. Sie musste noch etliche Dinge vor ihrer Abreise erledigen, unter anderem die Flugtickets abholen, die in einem Reisebüro bereitlagen. Natürlich durfte ich Charly führen und war stolz wie Oskar, so einen tollen Hund neben mir zu haben – wenn auch nur geliehen. Während meine Freundin sich um die Tickets kümmerte und noch ein paar Formalitäten mit der netten Angestellten des Reisebüros klärte, standen Charly und ich ziemlich gelangweilt herum und schauten uns ein paar Reiseprospekte an. Um genau zu sein: Ich schaute sie mir an, Charly saß brav neben mir. Dieser Boxer war ein absoluter Traumhund, ruhig, super erzogen, man konnte ihn problemlos überall hin mitnehmen. Ich blätterte gerade in einem Prospekt, welches dem Kunden für wenig Geld einen Traumurlaub an sonnigen, karibischen Stränden versprach, als mir plötzlich ein ekelhafter Geruch in die Nase stieg! Ein Geruch der Art, die einem schlagartig die Flimmerhärchen in der Nase verätzt und regelrecht in den Augen brennt! Im ersten Moment dachte ich kurz: Vielleicht die nette Angestellte?

Aber es wurde schnell klar, wer der Übeltäter war! Es war furchtbar. Es stank zum Himmel, der Geruch breitete sich rasend schnell im Raum aus und schon zogen wir die Aufmerksamkeit der Angestellten auf uns, die vorsichtig schnüffelnd immer wieder irritiert in unsere Richtung schaute. Charly saß nach wie vor seelenruhig neben mir und war sich keinerlei Schuld bewusst! Ich wurde abwechselnd puterrot und kreidebleich, schnappte mir Charly und rannte regelrecht aus diesem Reisebüro. Übrigens, bis heute habe ich keinen Fuß mehr in den Laden gesetzt!

Zwei Tage später war er dann weg, mein Charly! Ich habe ihn nie wieder gesehen. Er ist auch nicht sehr alt geworden, der

Krebs hat ihn besiegt, diesen schönen, starken und stolzen Boxer. Aber ihn meinem Herzen wird dieser Hund immer einen ganz besonderen Platz haben.

Schicksal

Jahre später war ich immer noch ohne Boxer. Mit der Rasse Boxer konnte mein Mann so gar nichts anfangen, er fand sie hässlich, langweilig – überhaupt, die stellten ja nichts dar. Ich weiß zwar bis heute nicht, woher er diese Weisheiten hatte und welche Art „Boxer" er da mal irgendwann gesehen haben musste, er dachte nun einmal so über meine absoluten Lieblingshunde, war nicht zu ändern. Der Traumhund meines Mannes war der Neufundländer und so zog einer dieser „Bären" bei uns ein. Ein toller Hund, bildschön. Nur nichts für mich. Diese Wolle, die lange Schnute, dieses „Schlaftabletten-Temperament", nein – definitiv der verkehrte Hund für mich! Nicht falsch verstehen, ich mochte unseren „Bootsmann" wirklich. War nur eben kein Boxer!

Nachdem Bootswain mit 11 Jahren über die Regenbogenbrücke musste – er war lange sehr krank gewesen – schloss ich das Thema Hund für mich ab.

Doch da schlug das Schicksal wieder zu. Aber ordentlich! Um ganz genau zu sein, habe ich einen Tritt in den Allerwertesten bekommen, dass ich Sternchen gesehen habe!

Mein Mann und ich wollten einen entspannten Stadtbummel machen, einfach nur mal die Seele baumeln lassen, irgendwo einen Kaffee trinken. Wir überquerten gerade eine Straße, als ich ein kleines, knautschiges Etwas in einer Bäckerei auf der anderen Seite verschwinden sah. Eigentlich konnte das nur ein Boxerwelpe gewesen sein, aber... in weiß? Nun hatte ich zwar schon davon gehört, dass es tatsächlich weiße Boxer gab, gesehen hatte ich bis auf ein Foto in einer Zeitschrift allerdings noch keinen. Ob Boxer oder nicht, das war ja nun leicht herauszufinden, also hinein in den Laden und nach dem Hund geschaut. Es war ein Boxer! Ein kleines Mädchen – und schneeweiß! Mein Herz machte einen ziemlich unkontrollierten Hüpfer und schon nahm ich die Kleine, natürlich mit Erlaubnis der Besitzerin, auf den Arm. War die Kleine entzückend. Während ich mit der Kleinen herum schmuste, unterhielt sich mein Mann mit der Besitzerin. Tja und da passierte das schier Unfassbare: Mein Mann, der Boxer bisher recht doof gefunden hatte, erkundigte sich nach dem Züchter der Kleinen! Der sich – dem Schicksal sei Dank – auch noch in unserer Nähe befand.

Mein Stadtbummel war damit beendet. Im Eiltempo wurde ich nach Hause gekarrt. Ich hatte nicht mal Zeit, meine Jacke auszuziehen, als mir schon das Telefon in die Hand gedrückt wurde, mit der aufgeregten Aufforderung:" Ruf an! Du wolltest doch immer einen Boxer, vielleicht haben sie noch welche!"

Sie hatten. Natürlich hatten sie! Nicht aus dem Wurf der Kleinen, aber aus dem nächsten Wurf, der gar nicht lange auf sich warten ließ. Als wir den Anruf bekamen, dass die Welpen nun besucht werden könnten – wir standen schon vorher immer mal wieder mit dem Züchter in Kontakt – kam dieser Satz, den glaube ich jeder Hundebesitzer auf der Welt kennt und der so sinnfrei ist, wie nichts anderes, nämlich:" Fahren wir, gucken können wir ja mal!"
Ja, nein, schon klar! Hat bestimmt jeder, der das hier liest schon mal gehört oder gedacht?

Ich möchte ja nun niemanden die Illusion rauben, aber ich persönlich kenne keinen Menschen, der einfach „ nur so" zum Welpen gucken fährt. Kein normaler Boxerliebhaber – außer er nennt schon 1 - 5 Exemplare der Rasse sein Eigen – schaut sich einen Boxerwelpen an und fährt dann frei dem Motto: „Och, süß waren sie ja, aber kann warten." wieder ohne einen Welpen wieder nach Hause! Niemand! Wenn dieser Satz fällt, hat man den Kampf schon so gut wie verloren und kann theoretisch gleich in die nächste Zoohandlung fahren, um alles zu beschaffen, was ein kleiner Boxerwelpe nun mal so braucht. Und nicht braucht.
Alle Hundewelpen sind süß und knuddelig, keine Frage. Doch manch einem könnte man sogar widerstehen. Bei einem Boxerwelpen sieht die Sache schon ganz anders aus.

Diese kleinen, raffinierten Biester kommen auf dich zugelaufen, schauen dich mit diesen großen, braunen Kulleraugen in diesem entzückenden Knautschgesicht direkt an, tja und das war's! Neuer Dosenöffner adoptiert!

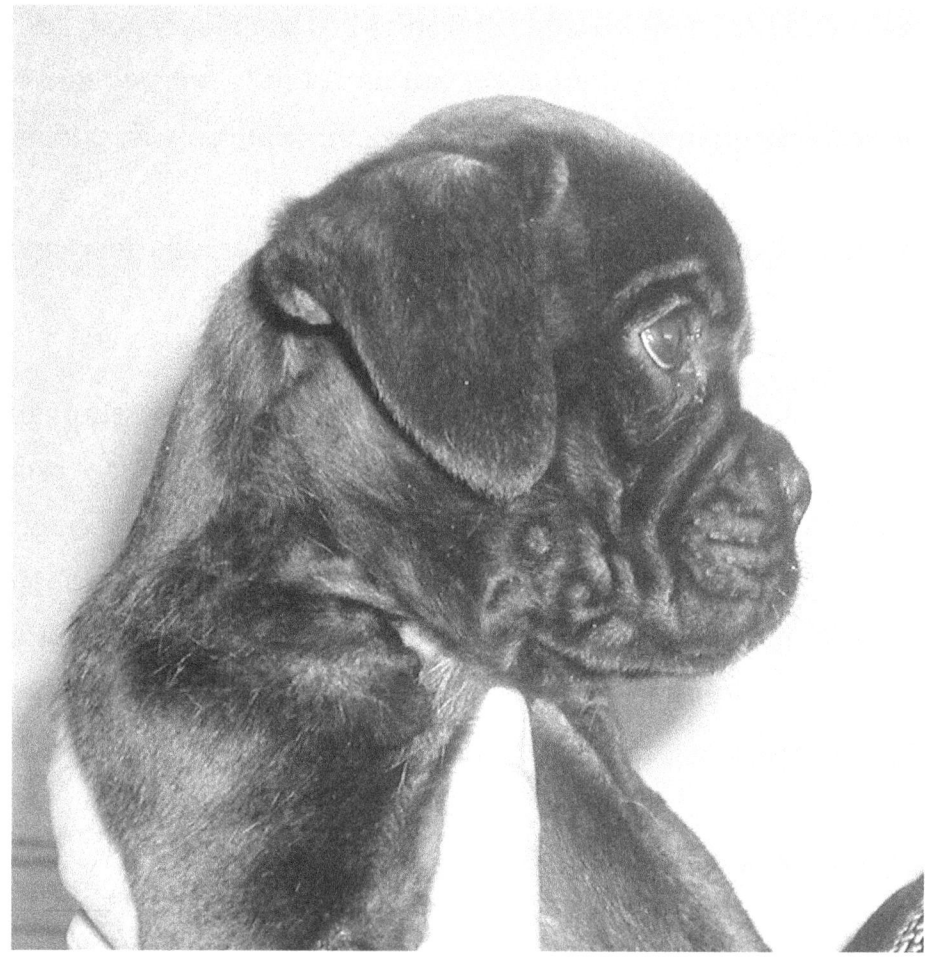

Das Ganze geht so rasend schnell, dass man hinterher nicht weiß, was da zum Kuckuck eigentlich schief gelaufen ist, denn – man wollte ja „nur mal schauen".

 ## Der kleine „Donnergott"

Sieben Welpen waren es, die uns in der Wurfkiste erwarteten. Drei Gestromte, drei Weiße und ein gelber Wurm. Uns wurde „freie Auswahl" seitens des Züchters zugesichert, da wir die ersten Interessenten waren. Fand ich schon nett, aber auch übertrieben, denn wir wollten ja nur mal ganz unverbindlich schauen.

Da war sie nun, die Kiste der Glückseligkeit, gefüllt mit Boxerbabys, von denen eines hübscher war als das andere. Einer der gestromten Welpen gefiel mir auf Anhieb besonders gut. Ein Baby nach dem anderen wurde uns erst zum Begutachten vor die Nase gehalten und dann in den Arm gedrückt. Die ersten zwei waren so entzückend, sie schliefen mir auf dem Arm fast wieder ein. Doch dann kam Nummer 3. Winzig und schneeweiß, klappte er ein Auge auf, schaute mich an und begann zu strampeln. Aus Sorge, ihn fallen zu lassen, setzte ich ihn schnell auf den Boden. Der kleine Mann tapste los. Er machte ein Häufchen auf das Zeitungspapier, welches neben der Wurfkiste lag und marschierte wieder in die Kiste. Dort warf er sich auf die Seite, schloss die Äuglein und – lächelte! In meinem Kopf machte es laut und deutlich „Pling", meine

Knie wurden weich und ich bekam ein recht seltsames Flattern im Bauch. Nichts, aber auch rein gar nichts auf dieser Welt hätte mich in diesem Moment dazu bewegen können, ohne diesen kleinen, grinsenden Boxerbuben dieses Grundstück zu verlassen! Nichts! Der war es und kein anderer!

Natürlich musste ich ihn da lassen, war er ja erst wenige Wochen alt und natürlich musste die Züchterin schwören, diesen kleinen Kerl nur an mich abzugeben! Wie war das doch gleich mit „nur mal schauen"?

Ein Name war auch schnell gefunden. Da es der T- Wurf der Zucht war, sollte der Name nun auch mit einem „T" beginnen. Thor, der kleine Donnergott. Besser ging es nicht. Aber nun kamen die echten Probleme. Wo sollte der kleine Donnergott schlafen und – noch wichtiger – worin? Also ein Bettchen brauchten wir für das Schlafzimmer, ganz klar, der kleine Wurm konnte ja schlecht alleine im Flur kampieren. Nein, also wirklich nicht! Dann ein Bettchen für das Wohnzimmer... mhhh... nein besser zwei, falls es ihm mal vor der Heizung zu warm werden sollte. Ja und wenn ich im Büro sitze und Thor möchte bei mir liegen? Ach, was soll's, also noch eines für das Büro, so hatte man den Welpen auch besser im Blick und könnte schneller reagieren, falls er raus muss oder so! Leine und Halsband. Oder lieber Geschirr? Etwas Leichtes sollte es sein für den Anfang, aus weichem Stoff. Oder lieber gleich zwei von jeder Sorte, denn wenn mal eines – was im Herbst ja schnell passieren konnte – nass werden sollte, brauchten wir ja etwas zum Wechseln. Nicht, dass sich der Kleine gleich einen Schnupfen holt. Spielzeug natürlich, ganz wichtig! Quietschtiere, Bällchen, Kauknochen – und etwas Weiches zum ankuscheln für das Baby. Schnell noch ein Babydeckchen dazu gepackt, fertig! Nach knapp einer Woche hatten wir alles zusammen. Irgendwie warte ich heute noch auf die Ehrung zum „besten Kunden des Jahres", nach dem Betrag, den wir in dieser Zoohandlung gelassen hatten.

Habe ich eigentlich schon erwähnt, dass mein Entschluss einen Boxerwelpen zu holen, am Ende doch noch arg ins Wanken geriet? Nein? Na, dann will ich das mal schnell nach holen.

Es ist absolut faszinierend zu sehen, wie sich diese kleinen Welpen von einer Woche auf die nächste verändern, wie schnell sie wachsen, sicherer auf ihren kleinen Beinen werden und ihre neue, große Welt erkunden. Wir hatten das große Glück an liebe Züchter zu geraten, die uns regelrecht aufforderten, Thor so oft wir wollten zu besuchen. Wer sich einen Welpen holen möchte und auch die Möglichkeit regelmäßiger Besuche hat, ich würde sie nutzen. Man glaubt nicht, was man sonst alles verpasst! Eine Woche vor dem vereinbarten Termin, an dem wir Thor endlich zu uns holen durften, fuhren wir noch einmal zu einer kurzen „Welpenguck- und Schmuserunde". Wie immer standen wir im Hof, staunten, wie sehr die Kleinen schon wieder gewachsen waren und freuten uns über jeden Unsinn, den sie aushecken. Glaubt mir, einem der Racker fällt immer irgendein Blödsinn ein, den man anstellen könnte, denn Boxerwelpen sind recht fantasievolle kleine Geschöpfe! Wir freuten uns also ein Loch in den Bauch über diese quicklebendigen Mäuse, als die Züchterin plötzlich im Haus verschwand und mit einem großen Quietschspielzeug in Form eines Hamburgers wieder heraus kam. Die Rasselbande war kreuz und quer auf dem Hof verteilt, spielten fangen und zergeln und beachteten uns kein bisschen. Sie stellte sich mitten auf den Hof und quietschte zweimal. Schlagartig wurde es totenstill! Vierzehn kugelrunde, große Boxerwelpenaugen starrten wie gebannt auf das Spielzeug! Noch einmal gequietscht und sieben kleine Boxerchen saßen artig in Reih und Glied vor ihren Füßen, den Blick konzentriert auf das Spielzeug gerichtet. Ich musste so lachen, das sah so goldig aus, wie lieb die Kleinen da saßen – und dann warf sie das Spielzeug mitten unter die Welpen!

In Sekundenbruchteilen verwandelten sich die ach so süßen Babys in rasende Bestien! Wie die Berserker fielen sie übereinander her. Mit Zähnchen und Pfoten wurde erbittert um das Spielzeug gekämpft und ohne Rücksicht auf Verluste in jede Pfote, in jedes Ohr und in jede Rute gebissen, die man so vor seine kleine Schnauze bekam. Hauptsache, man konnte dem anderen das Quietschding irgendwie wieder abjagen. Sie bellten, knurrten und jaulten in höchsten Tönen, ich schwöre, das klang wie bei einem Hyänenrudel bei der Fütterung! Und unser weißes Monster? Na logo, mitten drin im Kampfgetümmel. Ich stand da und mir wurde angst und bange.

Dass sich Boxerwelpen so benehmen, Entschuldigung, das hatte mir noch keiner erzählt, kannte ich bisher ja nur erwachsene Exemplare. Ich schaute zu meinem Mann, der mich recht fassungslos anstarrte und in seinen Augen las ich die gleiche Frage, die mir durch den Kopf ging: Ob das nun so eine gute Idee war? Wollen wir uns wirklich so ein kleines Monster ins Haus holen? Mein Gott! Meine schöne Wohnung. Im Geiste sah ich schon zerfetzte Ledersofas, abgefressene Fußleisten, angeknabberte Schränke! Der Schuhhandel würde enormen Umsatz machen, ebenso die Baumärkte in unsere Gegend… und nach zwei Wochen würde man uns wegen extremer Lärmbelästigung den Mietvertrag kündigen!

Eingezogen ist Thor selbstverständlich trotzdem und diese Entscheidung habe ich 11 ½ Jahre lang nicht eine Sekunde bereut!

 ## Der Einzug – oder: Die Nacht des Grauens

Endlich, endlich war der Tag gekommen und wir durften Thor abholen. Meine Güte, war das Aufregend. Alles wurde noch einmal kontrolliert, nicht, dass etwas Wichtiges vergessen wurde.

Beim Züchter lief alles schnell und reibungslos. Boxerkind schnappen, Züchterin kurz trösten, die traurig war, dass eines ihrer Babys das Nest verließ, mit einem Ohr noch auf all die guten Ratschläge hören – rein ins Auto und nichts wie weg! Nun hatte ich ja schon so lange auf meinen Boxer gewartet – die Tage vorher waren übrigens die Hölle, ich habe kaum geschlafen – jetzt wollte ich den kleinen Kerl nur noch für mich.

Die Fahrt nach Hause verlief völlig unkompliziert. Die Vorderbeine auf dem Armaturenbrett, die Hinterbeinchen fest in meinen Schoß gestemmt, betrachtete Thor mit großen Augen – und manchmal aufgeregt schnaufend – die große, weite Welt, die sich ihm da bot.

Zuhause angekommen, musste der kleine Boxer natürlich erst einmal alles erkunden. Die neue Wohnung, jedes einzelne Spielzeug – mehr als ausreichend vorhanden, die neuen Betten – auch mehr als ausreichend, die neuen Futternäpfe, das alles wurde gründlich abgeschnüffelt und für gut befunden. Selbstverständlich sollte Thor dann auch gleich die neue Pipiwiese kennenlernen. Ich legte ihm also eines der super schicken, neuen Halsbändchen um, griff mir eine der super schicken, neuen Leinen, nahm mein Boxerle auf den Arm, schleppte ihn über die Straße hinüber auf die Wiese und setze ihn dort ab.

Tja und da passierte es. Der liebste Boxerwelpe der Welt mutierte in der Sekunde, in der er etwas Zug auf der Leine spürte, zum stursten Maulesel der Welt! Er saß fest auf seinem winzigen, weißen Hintern und war nicht dazu zu bewegen, auch nur einen Schritt zu laufen! Ich zog sanft an der Leine... nichts. Er rückte und rührte sich nicht. Nur der kleine Hals wurde vom Zug auf die Leine lang und länger, das Fell schob sich nach oben und nach vorne ins Gesicht, mit den ganzen Falten konnte er kaum noch aus den Augen schauen. Der kleine Po blieb unverändert – wie festgeklebt – am Boden. Taktikwechsel. Wäre doch gelacht, wenn ich den Kerl nicht zum Laufen animieren konnte, war ja immerhin nicht der erste Welpe, den ich aufgezogen hatte. Leckerchen raus, vor die winzige Boxerschnute gehalten und gelockt. Thor saß felsenfest! Leckerchen vor die Nase und ein bisschen an der Leine gezogen, dabei in den höchsten Tönen auf ihn eingeredet – Thor blieb standhaft. Langsam wurde es peinlich. Die Nachbarn standen an den Fenstern oder in ihren Gärten und sahen feixend zu, wie ich mich auf allen Vieren auf der Wiese herum kriechend für den Boxer zum Affen machte. Nichts funktionierte, das kleine Biest wollte einfach nicht laufen! Um mir weitere Peinlichkeit zu ersparen, nahm ich den Kleinen hoch – und siehe da? Das fand er toll! Die Vorderpfoten auf meine Schultern gelegt, die Hinterpfoten fest in meiner Hand, stand er aufrecht an mich gelehnt und genoss die Aussicht! Übrigens durfte ich ihn von dem Moment an immer so tragen, zumindest auf dem Bürgersteig und die ersten paar Wochen. Anders kamen wir nicht von der Stelle. Bis der Boxer für sich entschieden hatte, dass er nun ein großer Junge sei und auch die paar Treppenstufen vor unserem Haus alleine gehen könne.

Den ganzen Tag gab es für Thor soviel zu entdecken, dass er kaum zum Schlafen kam. Ab und zu nickte er kurz in meinem Arm ein, nur um kurze Zeit später wieder mit neuem Unfug durchzustarten. Ich glaube auch nicht, dass er seine Mutter und die Geschwisterchen arg vermisste, dazu war er einfach viel zu beschäftigt. Entsprechend müde war der kleine Kerl dann abends. Nicht nur er, auch bei mir machte sich der Trubel und der Schlafmangel der letzten Nächte bemerkbar. Diese Nacht noch, dann würde hoffentlich alles ruhiger werden. Ich schleppte ihn noch mal auf die Pipiwiese und dann nichts wie ab ins Bett.

Als ich ihn im Schlafzimmer auf seine Matte setzte, war ich doch etwas erschrocken. In weiser Voraussicht, dass Boxer ja schließlich noch wächst, hatten wir die größte Matte gekauft, die wir finden konnten. Darauf sah dieses winzige Häufen Boxer nun doch etwas verloren aus. Aber Thor störte sich kein bisschen daran, kuschelte sich auf sein Babydeckchen, grinste – und schlief ein.

Ich hatte mich schon seelisch auf eine unruhige Nacht eingestellt. Jogginghose, Schuhe und Jacke lagen griffbereit, Taschenlampe auch. Ich legte mich ins Bett, schaltete das Licht aus, die Hand noch am Schalter und jederzeit bereit, die Lampe wieder einzuschalten... und... nichts! Kein Mucks. Absolute Totenstille!

Ich lag da und horchte und mir schossen tausend Gedanken durch den Kopf. „Warum jammert oder fiepst er denn nicht? Jeder Welpe jammert doch die erste Nacht? Ist ja hoffentlich alles in Ordnung da unten? Boah, ist das ruhig, er wird doch wohl nicht unter der Babydecke erstickt sein? Herrgott, ist das ruhig!" Eine halbe Stunde habe ich es ausgehalten, dann kroch ich leise mit der Taschenlampe aus dem Bett, schlich mich an und leuchtete – mein Eisbärchen schlief den Schlaf der Gerechten. So ging das die ganze Nacht. Ich habe kein Auge zugemacht, weil ich es einfach nicht glauben wollte, dass dieser kleine Kerl in seinem gigantischen Monsterbett die ganze Nacht ruhig durchschlafen würde! Irgendwann habe ich mich verkehrt herum ins Bett gelegt, damit ich zum kontrollieren nicht immer aufstehen musste. Ab und an nickte ich ein, nur um wieder hochzuschrecken, die Taschenlampe zu suchen und mein Baby zu kontrollieren. – der mittlerweile mit meinem Mann um die Wette schnarchte. Gegen Morgen bin ich dann endlich in einen Koma ähnlichen Schlaf gefallen, nur um eine Stunde später ziemlich unsanft durch einen nassen Waschlappen geweckt zu werden. Dachte ich! Denn als ich die Augen mühsam aufklappte, wer stand da, wild mit dem Popo wackelnd und mir im Gesicht herumleckend vor mir? Mein Boxerle! Oh Mann. Kleiner Kontrollblick durchs Schlafzimmer- noch kein Malheur passiert. Aber jetzt schnell. Ich quälte mich aus dem Bett, immer noch im Halbschlaf, stolperte erst über diese dämliche Riesenmatte und dann über den Boxer, der mir quicklebendig zwischen den Füßen herum sprang, zog mich an und machte mich völlig zerknautscht, mit einem Kissenabdruck im Gesicht und einer Frisur wie ein explodierter Biber auf den Weg zur Pipiwiese. Nur gut, dass es noch stockdunkel war und so keiner dieser Nachbarn mitbekam, wie ich im Halbschlaf auf dieser Wiese herum schlappte. Ich wurde aber recht schnell wach, denn es war ar... ähhh, Entschuldigung, sehr kalt draußen. Meine nackten Füße verwandelten sich in den Hausschlappen innerhalb von Sekunden in Eisblöcke. Thor hingegen nahm sich alle Zeit der Welt! Hier ein Grashälmchen, das abgeschnüffelt werden musste, dort ein Blättchen, welches der Wind so schön herum wirbelte und dem natürlich nachgerannt werden musste. Nach einer gefühlten Ewigkeit – irgendwie schien die Kälte den kleinen Kerl gar nicht zu stören – konnte ich endlich wieder ins Warme. Thor soff ein paar Schlucke Wasser, marschierte schnurstracks wieder ins Schlafzimmer auf seine Matte, rollte sich zusammen und schlief grinsend wieder ein. Mir hingegen war so kalt, dass an Schlaf nicht mehr zu denken war. Aber: vom ersten Tag an schlief dieser Spatz 8 Stunden durch, ohne „Unfälle", ohne jammern.

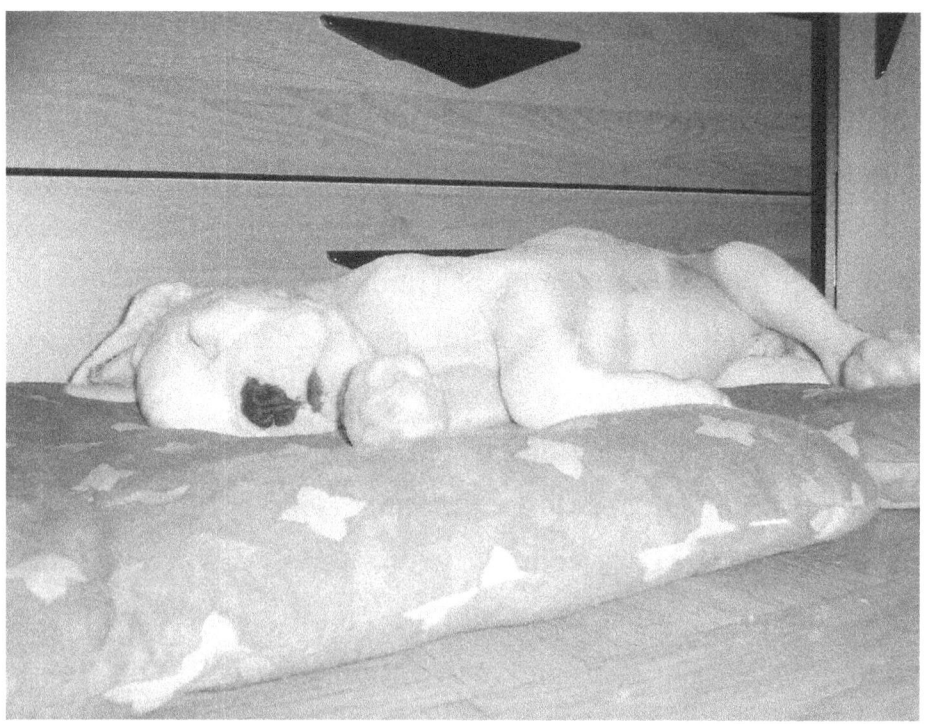

Thor und der Monsterboxer

Ich darf bei meiner Erzählung Thors besten Freund Dorado nicht vergessen, den Boxer eines lieben Bekannten. Dorado hatte nämlich erheblichen Einfluss auf die Erziehung von Thor – nur nicht immer im positiven Sinne.

Dorado war ein riesiger Boxer, von der Schulterhöhe weit über dem Standard und auch schwerer. Manche Menschen schimpfen ja immer mal wieder gerne über die „Geldgierigen Züchter", die ihre Hunde um ein vielfaches mehr verkaufen als überhaupt angebracht, die sich ja regelrecht an ihren Welpen „gesund stoßen", denn das bisschen züchten kann ja so teuer nicht sein! Natürlich gibt es auch schwarze Schafe, aber die Mehrzahl der Züchter verdient sich nun weiß Gott nicht die goldene Nase mit ihren Welpen. Es geht den meisten in erster Linie einfach nur darum, diese wunderbare Rasse zu erhalten, so gesund und typvoll wie möglich zu erhalten und dafür geben sie auch einiges. Sie versorgen die trächtige Mama so gut es geht, kümmern sich um die Kleinen, damit diese einen guten Start ins Boxerleben bekommen und hoffen auf anständige Familien, die sich eines „ihrer" Babys genauso liebevoll annehmen wie sie selbst. Dass das nicht immer so einfach ist, zeigt das Beispiel von Dorado. Dorado stammte aus einer guten Zucht und wurde dennoch vom Züchter an meinen Bekannten verschenkt. Was war passiert, warum sollte ein Züchter einen gesunden Welpen einfach so verschenken?

Dorado wurde mit 8 Wochen von seiner neuen Familie geholt. Anfangs war alles in Ordnung, die Familie kam regelmäßig vorbei, um nach ihrem Welpen zu schauen, die Kinder waren entzückt, man war sich sympathisch, alles war wunderbar! Nach nicht mal 3 Monaten wurde Dorado von dem erbosten Ehepaar zum Züchter zurück gebracht, mit der Begründung, dieser Welpe sei aggressiv und dominant und die Kinder seien schon völlig verstört! Der Züchter konnte sich das nun eigentlich nicht vorstellen, da das Ehepaar aber immer unfreundlicher wurde und er froh war, dass sie ihm den Welpen wenigstens wieder gebracht hatten, setzte er Dorado ins Haus, gab dem Ehepaar den Kaufpreis zurück und verabschiedete sie. Dann ging er ins Haus, schnappte sich Dorado und untersuchte ihn. Der Kleine war soweit in Ordnung – nur kastriert! Ein Telefonanruf mit den Ex- Besitzen brachte Aufklärung: Die hatten, weil der Welpe ja angeblich so extrem dominant war, den kleinen Kerl kastrieren lassen! Mit 12 Wochen! Brachte natürlich nichts, außer einem verstümmelten Welpen und einem fassungslosen, frustrierten Züchter, der bis zum bitteren Ende nicht herausgefunden hat, welcher Tierarzt einen 12 Wochen alten Welpen auf Wunsch der Besitzer kastrierte!

Dem Charakter von Dorado hat es nicht geschadet, er war ein super toller Boxer, bis zu seinem letzten Atemzug – und übrigens kein bisschen aggressiv oder „dominant", einfach nur ein temperamentvoller Boxerwelpe! Leider machten sich die fehlenden Hormone beim Wachstum bemerkbar, irgendwie hatte dieser Hund die Figur eines Hirschbocks!

Ungefähr eine Woche nachdem wir Thor geholt hatten – wir waren gerade ein Stück im Feld unterwegs – hielt hinter uns ein Jeep. Dorado und Herrchen. Ich freute mich riesig, ich hatte beide nun schon ewig nicht mehr gesehen. Mein Bekannter – auch ein Boxervirusinfizierter – war begeistert von unserem weißen Bub und als er vorschlug, Dorado zum Kennenlernen und kurz toben aus dem Auto zu holen, waren wir Feuer und Flamme. Ein Boxerfreund für unseren Boxer? Besser ging es ja nicht.
Gesagt getan. Mein Bekannter öffnete die Heckklappe – und ich sah nur noch ein riesiges, braunes Wesen wie eine Rakete aus dem Auto schoss und sich wie ein Berserker auf mein armes, kleines Baby stürzte! Mir blieb fast das Herz stehen! Mein Gott, wie groß war der denn? Und wild? Diesen Hirschbock, diesen gigantischen, konnte man doch nicht auf einen Welpen loslassen? Thor saß das Riesenviech kommen und legte sich mit großen Kulleraugen platt auf den Boden.

Und da war Dorado schon über ihm! Zack, ein wohldosierter Schlag mit der Pfote und Thor kugelte einmal um seine eigene Achse! Er versuchte aufzustehen, aber ein Stupser mit der Schnauze, die fast so groß war wie unser ganzes Baby und er lag wie eine Schildkröte auf dem Rücken und konnte endlich ausgiebig beschnüffelt werden. Jedes Mal, wenn Thor versuchte aufzustehen, bekam er – zack – wieder sanft eine Pranke auf die Nase.

Meine Nerven! Nein, so ging das nicht! Der stampfte das Würmchen ja in Grund und Boden! Ich wollte gerade losrennen und ihn retten, aber mein Mann war schneller. Mit zwei schnellen Schritten war er da, schob Dorado zur Seite und nahm Thor auf den Arm.

Aber wie so oft im Leben hatten wir die Rechnung ohne den Wirt gemacht. Oder in diesem Fall ohne Thor, denn der wollte nicht auf den Arm – nein, runter und weiter toben!

Irgendwie fand er es richtig Klasse, von diesem großen Boxer auf der Wiese herumgekegelt zu werden. Also setzte mein Mann ihn wieder ab. Ich habe noch nie einen Welpen gesehen, der so oft auf dem Rücken lag, Purzelbäume schlug oder die halbe Wiese in einem Stück herunterkullerte. Aber egal wie oft Dorado ihn umwarf, Thor stand mit strahlenden Augen wieder auf und wetzte seinem neuen, tollen Freund hinterher. Nicht einmal hat er gejammert, wenn er einen ordentlich derben Puff bekam – ein waschechter, kleiner Boxer eben.

An diesem Tag haben wir das Spiel nach ein paar Minuten abgebrochen. Ich hatte nun doch etwas bedenken, so wild wie die beiden tobten, dass sich Thor ernsthaften Schaden zufügte. Thor war überglücklich, aber so fertig, dass wir ihn nach Hause tragen mussten. Den Rest des Tages hörten wir – außer grauenhaftem Schnarchen – keinen Mucks mehr von dem kleinen Mann.

Das war der Beginn einer innigen Boxerfreundschaft. So oft wir es einrichten konnten, trafen wir uns im Feld. Dorado war unserem Thor auch ein guter Lehrer, er hat ihm viel Nützliches, leider aber auch etlichen Unfug beigebracht. Zum Beispiel den „Brustkorbpuff" und den „Eselstritt", die man bei Kämpfen mit anderen Hunden prima verwenden konnte. Oder um Frauchen mit neuen blauen Flecken zu verzieren.
Der Brustkorbpuff ist relativ einfach erklärt: Boxer nimmt Anlauf, geht auf die Hinterbeine, schiebt seinen Brustkorb nach vorne und rammt so mit einer Urgewalt in den gegnerischen Hund. Oder in mich! Was mich fast jedes Mal postwendend auf den Hintern beförderte. Mit dieser Technik hat es Thor geschafft, jeden Gegner – egal, wie groß und schwer – auf den Rücken zu legen. Er beherrschte sie nach jahrelanger Übung an meiner Hüfte und den armen, bemitleidenswerten Hundekumpels perfekt.

Der Eselstritt war schon etwas komplizierter, denn dazu musste man entweder direkt neben dem anderen Hund laufen oder stehen. Dann hopste man mit dem Hinterteil hoch und trat seinem Gegner mit beiden Hinterpfoten blitzschnell seitwärts in die Flanken. Je nach Größe und Beschaffenheit des anderen Hundes lernte der dann ein paar Schritte das Fliegen. Ich habe so etwas vor Dorado und Thor noch nie bei einem Hund gesehen und danach auch nie wieder. Keine Ahnung, wie Dorado auf so eine Idee gekommen ist, aber sie hatte eine durchschlagende Wirkung! Das tat richtig weh! Es war nur gut, dass Thor mit mir ein bisschen pfleglich umging, Dorado hingegen kannte da keine Gnade! Wie oft habe ich einen Eselstritt abgekommen zur Begrüßung, nicht aus Bosheit – sondern einfach aus Übermut, weil er sich so freute uns zu sehen. Da ich nun aber von der Größe her eher einem Hobbit gleiche, Dorado sehr groß war und entsprechend hoch springen konnte, traf dieser durchgeknallte Hund öfters meine Rippen.

Das Gefühl, wenn zwei Boxerpranken mit voller Wucht und dem kompletten Kampfgewicht auf dünne Rippen – und den dazugehörigen Nervensträngen – treffen, ist unbeschreiblich. Unbeschreiblich schmerzhaft!

Man hat das Gefühl, der Brustkorb verschiebt sich um etliche Zentimeter und gleichzeitig schießt der Schmerz die Nervenstränge entlang bis in die hinterste Ecke des Kleinhirns. Man sackt zusammen, japst nach Luft und Tränen schießen in die Augen. Mich wundert es heute noch, dass ich mir in all den Jahren außer ein paar leichteren Blessuren nie ernste Verletzungen zugezogen habe. Ich denke aber, dass die Beiden – obwohl sie ziemlich rau mit mir umgesprungen sind – ihre Kräfte dennoch wohl dosiert eingesetzt haben.

Es gab nichts schöneres, als den Beiden beim spielen, toben oder raufen zuzusehen. Obwohl beide unkastrierte Rüden waren, gab es in all den Jahren nicht eine ernsthafte Auseinandersetzung. Thor hatte Dorado von Anfang an als Ranghöheren akzeptiert und diese Position nicht einmal in Frage gestellt. Sie hielten zusammen wie Pech und Schwefel, auch gegen andere Hunde. Als Dorado als Erster über die Regenbogenbrücke musste, war das ein ziemlicher Schlag für Thor. Er hat unendlich getrauert, Dorado immer und immer wieder gesucht und konnte es nicht verstehen, dass sein allerbester, jahrelanger Freund nicht mehr zum spielen kam. Erst, als der Mopswelpe meines Schwagers in sein Leben purzelte, wurde es besser und mein Bub übernahm – natürlich – dessen Erziehung.

 ## Wie ein kleiner Boxer fliegen lernte

Treffpunkt für Thor und Dorado – und allen anderen Hunden aus der Nachbarschaft, die sich zum Toben trafen – war eine große Wiese mitten in den Feldern, direkt an „der alten Weinstraße", einem beliebten Spazierweg in unserer Gegend. Für die Hunde war das ein wahres Paradies. Auch wenn Dorado einmal keine Zeit hatte, man musste nur mal 10 Minuten warten, es tauchte immer ein Spielkamerad auf.

Als Dorado an diesem besonderen Tag erschien, war er ziemlich unruhig, regelrecht aufgedreht. Keine Ahnung warum, aber man merkte es an der Begrüßung. Zuerst kurz Thor, dann war ich an der Reihe. So wie sonst auch, natürlich mit seinem berühmten „Eselstritt". Ich war es ja nun schon gewohnt und wusste, wie ich mich drehen musste, damit Dorado nicht meine Rippen traf. Aber diesmal hörte und hörte er nicht auf! Wie ein Wahnsinniger sprang er immer wieder in mich hinein, warf mich fast um und ließ sich weder von Thor ablenken, noch von seinem Besitzer beruhigen. So langsam wurde es mir doch ein bisschen mulmig, es tat weh ohne Ende und so abgedreht hatte sich dieser Hund noch nie verhalten.

Thor merkte sofort, dass etwas nicht stimmte. Ziemlich ratlos umkreiste er uns und versuchte immer wieder, seinen großen Freund spielerisch von mir abzulenken. Was sollte ein 6 Monate alter Junghund auch sonst gegen einen ausgewachsenen Rüden ausrichten?

Als das alles nicht funktionierte, packte ihn wohl der Mut der Verzweiflung. Irgendwie wollte und musste er sein Frauchen retten, nur wie?

Urplötzlich und mit einem verbissenen Gesichtsausdruck raste Thor los, sprang hoch und wie ein Flughörnchen segelte er mit gespreizten Vorderbeinen auf Dorado zu, knallte ihm gegen Hals und Schulter und biss ihm so fest er konnte ins Ohr!

In der Sekunde, als Dorado mit einem lauten Quietschen von mir abließ und sich zu Thor umdrehte, wusste mein kleiner Mann ganz genau, was er da angestellt hatte und was ihm jetzt blühen würde. So schnell er konnte raste er los, aber mit seinen noch recht kurzen Beinen hatte er keine Chance! Mit fünf, sechs gewaltigen Sprüngen holte Dorado ihn ein und mein Bub bezog die Tracht Prügel seines Lebens.

Nur schade, dass ich seinen Gesichtsausdruck nicht aufnehmen konnte, als er schließlich wieder zu mir gewackelt kam. Mindestens 10 Zentimeter größer, mit stolzgeschwellter Brust, völlig verdreckt und mit einer blutigen Schramme auf der Nase, stand er schließlich vor mir und sah mich mit leuchtenden Augen an. Mission erfüllt und überlebt, Frauchen gerettet!

Mein Held! So klein und doch schon so ein tapferer Beschützer. Ich war so stolz auf meinen kleinen Schatz.

Daran hat sich bis zu seinem Ende nichts geändert.

Niemals hätte Thor es zugelassen, dass mir etwas passiert – und umgedreht genauso.

 ## Isaac der Gourmet

Ich muss mich an dieser Stelle outen. Es gibt für mich kein schöneres Geräusch auf der Welt als das herrliche Schnaufen, Schmatzen und das Klappern des Napfes, wenn mein Boxer mit Appetit seine Schüssel leer futtert. Ich bekomme fast eine Krise, wenn mein Hund sein Futter verweigert oder wenn der Hundefuttersack zur Neige geht und nicht schon ein Neuer bereitsteht. Ist irgendwie ein komischer Tick von mir, bei mir muss stets genügend Futter im Haus vorrätig sein, sonst werde ich unruhig. Das Futter für meine Tiere, egal ob mit Pfoten, Krallen oder Flossen kommt bei mir an erster Stelle, ich würde eher auf meine Lebensmittel verzichten als auf das Tierfutter! Auch wichtig für mich ist die „Boxernotfallkasse", in die ich alles an Geld, was ich erübrigen kann, hinein werfe, um im Notfall schnell einen nicht geplanten Tierarztbesuch, irgendwelche Spielsachen, Kauknochen – nun alles, was Boxer halt so brauchen könnte, bezahlen zu können. Genauso spare ich übrigens auch für einen Welpen vom Züchter. Klingt komisch, ist aber so. Mein Tier hat nicht darum gebettelt, bei mir einzuziehen, ich habe es geholt und damit habe ich eine lebenslange Verpflichtung – in guten wie in schlechten Tagen –

übernommen und muss mich deshalb auch vernünftig um dieses Tier kümmern! Wenn es um Tiere geht und im speziellen um Welpen, ist Geiz alles andere als geil! Wenn ihr euch den Traum von einem Vierbeiner erfüllen wollt und zu den Personen gehört, die nicht mal eben 1200 Euro aus dem Ärmel schütteln können, dann bitte spart auf den Hund und holt ihn bei einem seriösen Züchter. Unterstützt bitte nicht diese elende Welpen - Mafia, diese rücksichtslosen Vermehrer, die Geld auf Kosten der Muttertiere und Welpen verdienen. Der Kaufpreis ist schneller zusammen gespart, als man denkt. Und die Tiere werden es euch danken.

So, nun aber genug über dieses ernste Thema.

Isaac machte mir wirklich viel Freude. Wenn ich das Näpfchen vor ihn hinstellte, verschwand dieser kleine Boxerkopf fast komplett darin und innerhalb von Sekunden war es leer. Doch dann begann der Albtraum.

Eines Tages stellte ich wie immer den wohl gefüllten Futternapf auf den Boden. Isaac kam wie immer herbei geflitzt, steckte seinen Kopf hinein – nur, um ihn postwendend mit einem angewiderten Gesichtsausdruck wieder heraus zu ziehen und, mir einen beleidigten Blick zuwerfend, aus dem Zimmer zu verschwinden. Oh nein! Was war das denn nun? Magen verdorben? Futter schlecht? Ich kontrollierte den gerade erst frisch geöffneten Sack. Alles wie sonst auch. Also doch Magen verdorben. Ich flitzte Isaac hinterher, um nach ihm zu sehen und fand ihn im Wohnzimmer, wo er in aller Seelenruhe vor meinem Mann hockte und eine Handvoll Leckerlis fraß, die er sich erbettelt hatte. Mit Genuss! Doch nichts mit dem Magen? Aber was dann? Ich beschloss, erstmal bis zum zweiten Fütterungszeitpunkt abzuwarten.

Als ich ihm dann mittags – ich füttere meine Welpen stets auf 3 Mahlzeiten über den Tag verteilt – den Napf vor die Nase stellte, passierte das gleiche. Isaac schnüffelte an seinem Napf, schaute mich vorwurfsvoll an und verschwand. Nun wurde ich doch etwas unruhig. Er schien wohl Hunger zu haben, aber fressen wollte er nicht. Nachdem er auch die dritte Mahlzeit nicht anrührte und ich schon langsam mit dem Gedanken spielte, mit meinem Baby in die nächstgelegene Tierklinik zu fahren, kam mein Mann auf die Idee, ich solle ihm doch etwas Naturjoghurt, den Isaac sehr gerne mochte, unters Futter mischen. Gesagt, getan. Ich rührte einen Löffel Joghurt unter das Trockenfutter, stellte den Napf vor seine Nase und... mein Bub fraß! Dem Himmel sei Dank!

Am nächsten Tag stellte ich wieder das pure Trockenfutter hin, Isaac verweigerte! Joghurt hinein – der Bub futterte den Napf leer. Nun kamen wir ins Grübeln. Lag bestimmt an der Sorte Trockenfutter. Bestimmt hatten die an der Rezeptur etwas geändert und es schmeckte ihm einfach nicht mehr. Natürlich kauften wir eine andere Marke und siehe da?

Der kleine Boxer stürzte sich regelrecht darauf. Zwei Wochen lang! Und dann... verweigerte er es wieder!

Herr im Himmel. Der kleine Kerl war noch im Wachstum, und musste ordentlich fressen? Aber da gab es ja noch den Joghurt, den er sooo gerne mochte. Knappe zwei Wochen! Dann verweigerte er auch das Futter mit dem Joghurt. Dosenfutter wurde gekauft und untergemischt. Der Trick mit dem Katzenfutter probiert. Er fraß ein paar Tage – nur, um irgendwann wieder mit einem angewiderten Gesichtsausdruck den vollen Napf stehen zu lassen.

Nach ein paar Monaten war ich am Rande eines Nervenzusammenbruchs. Egal, was ich unter dieses Trockenfutter mischte – wir hatten uns mittlerweile durch zig verschiedene Sorten gekämpft – dieser Boxer fraß es für ein paar Tage und stellte sich dann wieder quer! Ein Tierarztbesuch brachte auch kein Ergebnis, Isaac war kerngesund und putzmunter, nur etwas „sehr verwöhnt", wie sich unser Tierarzt schmunzelnd ausdrückte. Ich solle doch einfach den Napf hinstellen und wenn er nach 15 Minuten nicht gefressen habe, ihn bis zur nächsten Fütterung wieder wegnehmen. Es sei schließlich „noch kein Hund vor einem vollen Napf verhungert!"

Ja, nee, schon klar! Der konnte gut reden, war ja auch nicht sein Welpe, der da vor einem vollen Napf nicht verhungerte! Und wenn doch? Er war eh schon so dünn durch dieses ganze „Nichtfressen"!

Ich fing an, sein Futter selbst zu kochen – roh mochte er gar nicht – mit dem gleichen Ergebnis. Ich kaufte Babynahrung im Glas – er fraß ein paar Tage und verweigerte.
Als ich irgendwann bei der allerletzten Sorte Babynahrung im Glas, die wir noch nicht getestet hatten angelangt war, reichte es mir!
Ich knallte seinen nur mit Trockenfutter gefüllten Napf auf den Boden und marschierte aus dem Zimmer. 15 Minuten warten, ein kurzer Blick auf den Napf: Der stand noch genauso da, wie ich ihn hingestellt hatte und ein extrem motziges Boxerkind saß direkt daneben und starrte mich empört an. Napf geschnappt, weg gestellt, Boxerkind ignoriert!

Ich schwöre, es brach mir fast das Herz! Um ein Haar wäre ich wieder rückfällig geworden, aber ich hielt durch. Wenn Boxerblicke töten könnten, es gäbe mich nicht mehr!
Nach knapp einer Woche war es überstanden, der kleine Mäkelfresser futterte sein Trockenfutter und erhielt dafür als Nachtisch bei jeder Fütterung ein besonders tolles Lecker. Das wurde übrigens ganz schnell „Boxergesetz", er forderte seinen Nachtisch nach jeder Mahlzeit bis zum bitteren Ende ein und wehe, ich vergaß es. Dann wurde ich ziemlich lautstark und penetrant daran erinnert.

 ## Wie aus Thor – Isaac wurde

Ich muss schon sagen, ich war ziemlich stolz auf unsere Namenswahl für unseren Welpen. Nicht einer der üblichen Allerweltsnamen wie Raudi, Rex oder Asta, nein, wir hatten uns was ganz Besonderes ausgedacht. Dachte ich zumindest! Thor lief von Anfang an so oft wie möglich frei, außer an Straßen oder sonstigen gefährlichen Stellen natürlich. Eines Tages – wir spielten gerade auf einer Wiese im Feld – sprang direkt vor Thors Nase ein Hase hoch und flitzte los. Genauso schnell wetzte mein Bub hinterher und war innerhalb von Sekunden aus meinem Blickfeld verschwunden. Oh Mann! Na super! Ich griff in meine Tasche, wollte die Pfeife heraus holen... und griff ins Leere. Die lag wohl noch Zuhause auf dem Schreibtisch. Klasse, da lag sie gut. Ja, und nun? Hinterher rennen? Absolut zwecklos. Erstens wusste ich nur die ungefähre Richtung, in die er verschwunden war und zweitens: Ich bin zwar schnell, wenn ich in Panik gerate, aber so schnell nun auch wieder nicht, dass ich einen jagenden Hund einholen könnte. Dann halt brüllen! Ich stellte mich also mitten auf die Wiese und rief so laut ich konnte: „Thooooor, Thooooor, hier Thoooor..." Nichts. Weit und breit kein Boxer zu sehen.

Noch einmal: „Thooooor, Thooooor!" Doch, da unten, da blitzte im Gebüsch etwas Weißes auf. Ich hüpfte auf der Stelle, wedelte mit den Armen wie ein Dreschflegel und brüllte: " Thooooooooor, Thooooor, hier Thooor." Das weiße Monster störte sich natürlich nicht im Geringsten daran, dass ich wie Rumpelstilzchen auf der Wiese herum hüpfte und mir die Lunge aus dem Hals brüllte, er schnüffelte in aller Seelenruhe sämtliche Grasbüschel und Gebüsche ab. Langsam wurde ich sauer! Ich warf die Arme hoch in die Luft, brüllte noch mal aus Leibeskräften „Thooooor", als ich hinter mir ein seltsames Geräusch hörte. Klang irgendwie wie unterdrücktes Gelächter? Ich drehte mich um... und auf dem Spazierweg, der an die Wiese grenzt, standen 3 Spaziergänger und bogen sich vor Lachen! Entzückend. Wie erklärt man bitte schön fremden Menschen, dass man eigentlich nur seinen Hund ruft, wenn nirgends auch nur ein Zipfelchen Hund zu sehen ist? Das war peinlich! Das war mehr als peinlich. Ich stammelte mit hochrotem Kopf etwas wie „schönen Tag noch" und flitzte die Wiese runter, um meinen Boxer einzusammeln. Als mich beim nächsten Mal eine Spaziergängerin anschaute, als ob ich irgendwo ausgebrochen sei und sie ziemlich schnell Richtung Straße verschwand, habe ich endgültig beschlossen, Thors Rufnamen zu ändern. Tja und so wurde offiziell aus dem kleinen Donnergott Thor ein kleiner Isaac.

 ## Thor und die böse Ziege

Ich denke, es gibt viele unterschiedliche Meinungen darüber, wie ein Hund erzogen werden muss. Manche bestehen auf einem regelrechten „Kadavergehorsam", machen reicht es scheinbar schon, wenn der Hund ab und zu auf seinen Namen reagiert. Von diesen Hundehaltern gibt es mittlerweile leider viel zu viele, aber dazu später mehr. Mir war es wichtig, dass Isaac ein gutes Sozialverhalten hatte, gut abrufbar war und so frei in Feld, Wald und Wiese laufen konnte, ohne andere Tiere zu jagen, Menschen zu belästigen oder andere Hunde in Angst und Schrecken zu versetzen.

Ich glaube, das ist mir gut gelungen. Rehe wurden völlig ignoriert, selbst wenn sie direkt neben ihm standen und eine Pferdekoppel betrat er nur, wenn keine Pferde darauf waren. Kamen Spaziergänger, lief er auf Kommando zur Seite des Weges und setzte sich, selbst wenn ich noch etliche Meter entfernt war und blieb zuverlässig sitzen. Einem Hasen wurde mal ein paar Schritte nachgelaufen, aber auf Pfiff kam er sofort zurück. Nur Katzen und Igel, die... nun ja, aber das ist eine andere Geschichte.

All dies muss ein Boxerkind natürlich auch erst lernen – und manchmal eben auf eine unangenehme Art und Weise.

Eines Tages kamen wir während unseres Spazierganges an einer Schafkoppel vorbei. Gesichert wie üblich mit einem Maschendraht ähnlichen Elektrozaun. Schafe sind hier nicht unüblich. Isaac kannte sie von klein auf und interessierte sich nicht sonderlich für diese wolligen, dicken Dinger. Doch diesmal stand mitten unter den Schafen – recht nah am Zaun – eine wunderschöne braune Ziege! Na so ein Tier hatte er ja noch nie gesehen. Neugierig, wie er nun mal war, schlich er sich immer näher an den Zaun heran. Da ich den Besitzer der Schafe kannte und ich wusste, dass er recht starke Batterien für seine Weidezäune einsetzte, rief ich Isaac zurück. Musste ja nun nicht sein, dass er einen Schlag bekam. Normalerweise hörte er schon recht verlässlich, aber an diesem Tag reagierte er überhaupt nicht. Im Gegenteil, wurde der kleine Mann doch richtig übermütig?

Wie ein Derwisch hopste er am Zaun entlang, immer vor der Ziege und versuchte sie zum Spielen aufzufordern. Dabei kam er dem Zaun immer näher. Ich rief noch einmal und versuchte ihn einzufangen, aber Isaac schaltete auf taub und drehte erst richtig auf! So schnell er konnte, flitzte er den Weg am Zaun rauf und runter, warf sich vor der Ziege auf den Bauch, bellte und knurrte, rannte wieder los und fing plötzlich an, in den Zaun zu beißen!

Ich versuchte wieder ihn einzufangen, versuchte es mit weglaufen, damit er mir folgte. Keine Chance! Nun gut, mein Freund, dann auf die harte Tour. Dann musste er da durch. Mit viel Glück beruhigte er sich, bevor etwas passierte.

Ich versuchte immer noch, ihm den Weg zu verstellen, interessierte Isaac aber überhaupt nicht. Er schoss an mir vorbei, schnappte in den Zaun. Klack, machte die Batterie, ich schimpfte und zählte im Stillen die Sekunden mit... Bellen, Knurren, ein Schnapper in den Zaun... Klack... Eintausendeins, Eintausendzwei... wieder ein Schnapper, schimpfen, Rückruf – nichts... Klack... Eintausendeins – urplötzlich ein Kreischen, welches einem das Blut in den Adern gefrieren ließ!

Volltreffer! Völlig verstört taumelte Isaac zu mir, quetschte sich zwischen meine Beine und starrte ängstlich auf die Ziege. Nun tat er mir ja doch leid, der arme kleine Mann. Er zitterte wie Espenlaub, das Fell stand hoch und die Zunge hing ihm seitlich aus der Sabberschnute. Ein kleines, weißes Häufchen Elend. Als ich ihn auf den Arm nahm, um ihn zu untersuchen, drückte er sich fest an mich, den Blick immer noch panisch auf der Ziege. Und da verstand ich es: der kleine Dummkopf brachte den Stromschlag mit der Ziege in Zusammenhang, dachte wirklich, sie war es, die ihm weh getan hatte. Böse,

böse Ziege, hat sie den armen kleinen Boxer gebissen! Nun musste ich doch grinsen.

Es ist ihm – dem Himmel sei Dank – außer einem Mordsschrecken nichts passiert. Doch seit diesem Tag mied Isaac Schafe wie die arme Seele den Teufel. Waren auch noch Ziegen dabei, setzte er nicht einmal mehr eine Pfote auf die Wiese.

Wie heißt es doch so schön? Wer nicht hören will, muss fühlen!

 ## Isaac und der Igel

Eines habe ich in all den Jahren mit Isaac nicht hinbekommen: Seinen unbändigen Hass auf Igel und Katzen abzustellen! Sonst der liebste und artigste Hund der Welt, den ich in aus den verschiedensten Situationen heraus zuverlässig abrufen oder stoppen konnte, mutierte er bei Katzen und Igeln zum Berserker! Egal, was ich versuchte – er mochte sie nicht, Basta! Erwischt hat er nie eine Katze, worüber ich auch froh bin, wer weiß, was passiert wäre. Gut, ein bisschen Schuld muss ich auch den Katzen zuschieben. Besonders einer, die sich einen Spaß daraus gemacht hat, Isaac schier bis zur Weißglut zu treiben. So ließ sich dieses Biest zum Beispiel gerne vom Dach der Garage genau vor seine Nase fallen, nur um dann auf den nächsten Baum zu flitzen, den Schwanz entspannt vom Ast baumeln zu lassen und Isaac, der krampfhaft und wild geifernd versuchte an sie ranzukommen, arrogant anzugrinsen.

Igel hingegen kamen meist nicht so schnell davon, wenn Isaac sie mal gesehen oder gerochen hatte. Mir blieb dann in der Regel nichts anderes übrig, als mich hinten an der Leine als Bremsklotz zu betätigen, bis er sich einigermaßen beruhigt hatte und wieder ansprechbar war. Was nicht immer ganz einfach war, denn wenn Isaac einmal richtig sauer war und durchstartete, hebelte er mich locker aus und zerrte mich etliche Schritte hinter sich her, bis ich wieder festen Stand unter den Füßen hatte und ihn abbremsen konnte.

Einige Igel mussten sich deshalb dem Kampf stellen, was sie auch lautstark und ziemlich nachdrücklich taten. Habt ihr schon mal einen knurrenden, fauchenden Igel gehört? Diese kleinen, putzigen Kerlchen veranstalten einen Radau wie zwei kämpfende Katzen! Ich weiß gar nicht, wie oft Isaac die komplette Schnauze zerstochen hatte, störte ihn aber überhaupt nicht, der nächste Igel, den er traf wurde wieder gepackt. Nein, keine Sorge, Sieger waren immer die Igel, denn ich war immer schnell genug zur Stelle, um sie vor meinem Hund zu retten. Naja, eigentlich Isaac vor den Igeln, er hat jedes Mal ordentlich eingesteckt.

Eines Nachts – es war schon arg spät – gingen wir die letzte Runde vor dem Schlafen gehen. Ich war hundemüde, wollte nur ins Bett, es war Sommer und so schlüpfte ich nur schnell barfuß in meine Sandalen. Ich schlappte lustlos durch den Vorgarten zu unserem Fischteich und auf den Bürgersteig, Isaac schnüffelte langsam und gemächlich neben mir her. Wir wohnen in einem der letzten Häuser hier in unserem Stadtteil. Gegenüber liegt nur noch ein Nachbarhaus, dahinter Wiese und der Weg ins Feld. Urplötzlich hob Isaac den Kopf, starrte auf den gegenüberliegenden Bürgersteig, die Bürste stellte sich und dann startete er durch. Das ging so schnell, dass ich – da fast am Einschlafen – nicht mehr reagieren konnte. Ein Ruck an der Leine, ich wurde ausgehebelt und schoss über die Straße. Mein rechter Schuh machte sich selbstständig, flog in hohen Bogen auf die Straße und ich wurde erbarmungslos mit einer Sandale an den Füßen weitergezerrt. Den Boxer abbremsen? Barfuß? Schier unmöglich! Auf der Wiese angekommen zerrte mich dieser Narr genau zu einer Stelle, auf der wundervolle Disteln und Brennnesseln wuchsen und natürlich mitten rein! Barfuß!

Ich glaube, mein Brüllen hat man noch drei Straßen weiter gehört. Dann blieb er endlich stehen und schnüffelte ausgiebig auf dem Boden herum.

Ich humpelte unterdrückt fluchend zu meinem Hund, um zu sehen, weshalb er so durchgedreht war. Ein Dreckklumpen mit Gras dran! Ein blöder Dreckklumpen mit Gras, der – zugegeben – von weiten durchaus als Igel durchgehen konnte. Okay, im Dunklen. Aus Boxersicht. Mit enorm viel Fantasie! Und deshalb hatte ich nun einen Fuß voller Blasen, Dornen und ein paar Hautfetzen weniger? Ich wollte gerade losschimpfen, als ich hinter mir ein Auto ziemlich schnell die Straße herauf kommen hörte. Ich drehte mich um und sah gerade noch, wie meine schöne, neue Sandale von diesem ei-

nem, blöden Auto, welches unbedingt mitten in der Nacht bei uns hier hochfahren musste platt gefahren wurde...
Mitleid oder Bedauern beim Verursacher der Misere? Null! Der lag schon schnarchend auf seiner Matte, während ich immer noch fluchend damit beschäftigt war, alle Dornen aus meinem Fuß zu ziehen, ihn zu kühlen, weil er brannte wie die Hölle und gleichzeitig versuchte, meine arme Sandale wieder halbwegs gerade zu biegen und den Reifenabdruck abzukratzen. Boxer, ich schwöre!

In liebevoller Erinnerung

Elfeinhalb Jahre durfte ich meinen Isaac begleiten. Wir wuchsen zusammen, waren ein super Team. Mein Seelenhund, mit dem ich mich wortlos verständigen konnte. Noch nie im Leben habe ich einen Hund so geliebt wie meinen Isaac. Er brachte mich zum Lachen, tröstete mich, wenn es mir schlecht ging und war immer – bis auf wenige kleine Ausnahmen – an meiner Seite. Uns gab es nur im Doppelpack. Ice war ein toller Boxer, mit einem richtig guten Charakter. Verspielt, ein echter Clown mit Temperament, aber trotzdem ruhig – in sich ruhend. Das perfekte Gegenstück zu meinem eigenen, hibbeligen, unruhigen Ich. Umso schlimmer traf es mich, als er völlig unerwartet gehen musste. Eben noch in der Wohnung herum gekaspert, musste ich ihn keine 5 Minuten später in aller Eile zum Tierarzt bringen. Ein unentdeckter, geplatzter Herztumor – und für den Tierarzt keine Möglichkeit, meinen Jungen zu retten.

Mich hat das regelrecht aus der Bahn geworfen. Obwohl ich mir für meinen Jungen immer einen schnellen, schmerzlosen Tod gewünscht hatte, damit er nicht lange unter Schmerzen oder einer schlimmen Krankheit leiden musste, für mich war es furchtbar!

Nach Isaac wollte ich keinen Boxer mehr. Überhaupt kein Hund mehr, nie wieder! Ich denke, wer schon einmal einen Seelenhund verloren hat, weiß, wovon ich rede.

Während der letzten Jahre mit Isaac verloren wir auch immer mehr unserer Spielekumpel – tolle Hunde mit ebenso tollen Besitzern – durch Umzug, Unfälle, Krankheit, das Alter.
Schleichend setzte hier bei uns auf den Gassiwegen eine neue Entwicklung ein: immer mehr ängstliche Spaziergänger, rücksichtslose Cross- und Mountainbikefahrer, Jogger, Nordic Walker und eine neue Hunderasse namens Schönwetter-Tutnix!

Auch wir, die Hundebesitzer aus der Nachbarschaft ließen ihre Hunde frei laufen. Immer! Isaac kannte die Leine nur auf dem Bürgersteig und in Notsituationen. Allerdings mit einem gravierenden Unterschied: Wir respektierten uns untereinander, fremde Hundehalter und Spaziergänger! Kam uns ein fremder Hund entgegen, wurden beide Parteien angeleint. Erst nach Absprache und natürlich Hundeverhalten dem Fremdling gegenüber wurde zum Toben abgeleint. Das gleiche galt für Spaziergänger: die freilaufenden Hunde wurden zur Seite gerufen und – wenn die Person sehr ängstlich erschien, was bei einem ziemlich durchtrainierten, muskelbepacktem weißen Boxer öfter vorkam – ungebeten an die Leine genommen. Eine ganz simple Sache des Respekts und der Höflichkeit . Gut, auch damals gab es schon das eine oder andere schwarze Schaf, eine leider nicht zu ändernde Seltenheit, der man aber prima aus dem Weg gehen konnte.

Wie gesagt, schleichend machte sich diese neue Hunderasse in unserer Nachbarschaft breit. Samt deren Halter! Diese Hunderasse scheint ein bisschen – ja, wie soll ich es ausdrücken, ohne beleidigend zu werden – tiefbegabt zu sein, die außer auf ihren Namen zu reagieren (und meist nicht mal das!) nichts können. Ich will ja nun wirklich niemanden zu nahe treten und es ist auch nur so ein Gedanke von mir, der sich mir täglich aufdrängt, aber vielleicht sind es ja auch eher die Halter statt der Hunde? Aber, ich weiß es nicht und möchte das Thema nun auch nicht vertiefen. Tatsache ist allerdings, es vergeht seither kaum ein Tag – außer, es ist saukalt oder gießt in Strömen – an dem nicht einer dieser Schönwetter-Tutnixe unangeleint und ungebremst in meinen angeleinten Hund reindonnert. Oder reindonnern möchte. Bittet man den dazugehörigen Halter, vorausgesetzt er ist schon in Rufweite – was leider auch nicht immer der Fall ist, da Schönwetter-Tutnix kilometerweit vorlaufen darf und außer bei der Erwähnung seines Namens mal mit den Ohren zu zucken weder auf Zuruf noch auf Pfiff reagiert – seinen Hund doch bitte anzuleinen, trifft einen eine wahre Welle der Empörung! Wie kann man nur! Dieser Hund hat schließlich alles Recht der Welt, ohne Leine zu laufen, hat er das Recht, sein Hundeleben frei zu gestalten und alle seine Triebe auszuleben und ganz sicher wird er niemals mit so einer grässlichen Leine, die nur der schlimmste Tierquäler erfunden haben kann, gezwungen, für

vier oder fünf Schritte ruhig an einem anderen Hund vorbeizugehen! Niemals! Überhaupt: dass er so aggressiv reagiert und meinen am liebsten in kleine, Maulgerechte Happen zerlegen möchte, ist einzig die Schuld meines Hundes, der ja angeleint überhaupt keine Ahnung hat, wie sich ein richtiger Hund verhält! Überhaupt: die machen das dann schon unter sich aus! Äh... ja... okay.
Tja, auch da drängt sich bei mir des Öfteren der Gedanke auf: Großes Bla,bla und viel heiße Luft, nur um zu verschleiern, dass man entweder zu doof oder zu faul ist (oder beides), den Hund mal ein bisschen zu erziehen?
Auch das war – wenn auch nur ein klitzekleiner – Grund für mich, nach Ice keinen Hund mehr zu holen, denn die ständigen Auseinandersetzungen mit diesen Intelligenzallergikern und ihren Tutnixen ziehen arg an den Nerven.

Mein Mann fing irgendwann doch an, nach Welpen zu schauen, mich interessierte das kein bisschen. Ich weiß nicht, wie oft er mir Fotos von Boxerwelpen zeigte. Immer wieder fragte er mich, ob wir nicht doch wieder einen Welpen holen wollen. Mir war das egal, er konnte sich gerne einen Hund holen, nur kümmern müsste er sich allein um den Welpen. Ich wollte nichts damit zu tun haben. Kein Hund mehr nach Isaac. Kein Hund der Welt könnte jemals den Platz meines weißen Jungen einnehmen, niemals!

Man sollte niemals nie sagen – oder das Schicksal außer acht lassen, das spielt einem – meist wenn man nicht damit rechnet – immer einen Streich. Denn dann kam... Ozzy!

 # Ozone

Ozone – oder Ozzy bzw. das Ötzelchen – kam mit dem gleichen großen Knall in mein Leben, wie Isaac es verlassen hatte. Dieser Boxer war nun so gar nicht geplant und, bis ich ihn gesehen habe, auch nicht gewollt. Wie schon gesagt: ich wollte keinen Hund mehr! Davon war ich nicht abzubringen.
Ebenso wenig war nun mein Mann davon abzubringen, weiter nach Welpen zu schauen. Eines hatte ich aber ganz klar gemacht: wenn er sich einen Welpen holen wollte, dann keinen Weißen! Das hätte ich nicht ertragen!

Eines Abends, rief mein Mann nach mir und zeigte mir ein Foto von einem stattlichen, dunkelgestromten Rüden im Internet. Ich schaute kurz drauf. Ja, der war mir bekannt. Bestens sogar! Denn jedes Mal, wenn ich meinen Facebook Account öffnete, zeigte es mir rechts bei den „empfohlenen Seiten" das Bild eben dieses Rüden an. Seit Monaten. Jedes Mal. Da lebte mein weißer Bub noch. Ich weiß noch, wie ich mir das Foto anschaute und dachte: wenn Isaac mal nicht mehr sein sollte – so in 25, 30 Jahren – von diesem tollen Rüden einen Welpen, das wäre super.

Ich schaute mir das Foto noch einmal an und erzählte meinem Mann, dass ich den Rüden kenne und ja, er sei ein toller Boxer. Damit war mein Interesse an diesem Hund aber auch schon wieder vorbei. Plötzlich meinte mein Mann: „Von dem Rüden gibt es Welpen." Na wie schön für ihn. Werden bei so einem Rüden nicht die ersten sein, war also nicht Besonderes. „Die sind sogar hier in der Nähe." Ja nun, auch nicht weiter tragisch, es gab viele Welpen in der „Nähe". „Guck mal, Bilder von den Kleinen." Ich schaute noch einmal rüber zu meinem Mann, überflog die Fotos von den wirklich entzückenden, kleinen Boxerwelpen und mein Blick blieb wie magisch angezogen an einem Foto hängen! Ein kleiner, fast schwarzer Rüde, der ziemlich genervt genau in die Kamera schaute! Ich schaute in diese Augen, mein Herz machte einen komischen Hüpfer, mir wurde es ganz warm im Bauch und mit einem aufgeregten „Telefonnummer her" stand ich schon mit dem Hörer in der Hand bereit.

Natürlich war der kleine Kerl noch zu haben und – innerhalb von Minuten für mich reserviert! Nur „erst Mal zum Gucken", versteht sich.

Als ich abends noch einmal kurz bei Facebook vorbeischaute, war das Foto des Rüden verschwunden. Und ist seither nicht einmal wieder bei den empfohlenen Seiten aufgetaucht.

Bevor ich hier jetzt aushole und von allen Schandtaten des kleinen Boxers berichte, möchte ich eines erwähnen: Seine Spitznamen wie zum Beispiel der „kleene Drecksack", das „Sargnägelchen" oder – wie meine Freundin ihn und seine Schwester gerne nennt – der „schwatte Irrsinn" sind alle wohlverdient, äußerst passend und natürlich nur liebevoll gemeint und keine neu erfundenen Schimpfwörter!

Auch alle anderen Äußerungen meinerseits, die in den Geschichten noch auftauchen werden und eventuell für manch ein Ohr negativ klingen: Sind sie nicht und dürfen nicht so ernst genommen werden. Warum? Werdet ihr am Ende des Büchleins merken!

Nach zwei Wochen war es endlich so weit: Wir durften unseren Jungen das erste Mal besuchen. In der Wohnung des Züchters angekommen, ging ich gleich zu dem „Welpenstall", schaute über das Gewusel und fand meinen Jungen auf Anhieb. Langsam ging ich in die Hocke und schnalzte leise. Die Welpen waren mit einem Spielzeug in einer Ecke des „Ställchens" beschäftigt und ignorierten mich völlig. Das heißt: bis auf einen. Meinen kleinen Jungen. Er hörte das Geräusch, hob den Kopf, kam auf mich zugewackelt und schaute mir genau in die Augen. Als ich durch das Gitter fasste, um ihn zu streicheln, zog er den Kopf weg, schnüffelte ausgiebig meine Finger ab und legte dann seinen winzig kleinen Kopf in meine Hand. Das war's! „Wir gucken nur mal" Kampf verloren, Dosenöffner adoptiert, Grundstein für eine hoffentlich lange dauernde Freundschaft gelegt...

Dieser kleine Kerl war mir von Anfang an so vertraut, als ob jemand meinen weißen Isaac in diesen winzigen – anfangs fast komplett schwarzen – Hundekörper gesteckt hätte. Der gleiche Ausdruck der Augen. Und doch war er von Anfang an das ganze Gegenteil von Isaac. Das fing beim Züchter an und zieht sich wie ein roter Faden durch unser ganzes Leben. Dass, was Isaac toll fand, findet Ozzy blöde und was Isaac hasste, findet der kleene Drecksack Klasse! Bis auf Katzen und Igel, die hasst auch Ozzy wie die Pest!

 ## Die Höllennacht

Beim Züchter lief bei Ozzys Abholung alles wie geplant. Rein, den Welpen schnappen und nichts wie weg! Im Auto kuschelte sich Ozzy fest an mich und verschlief die komplette Fahrt. Auch Zuhause verhielt sich der kleine Mann prima. Er wackelte durch sein neues Reich, schaute nach, wo seine Näpfe standen – so was muss man natürlich als Erstes erkunden – inspizierte seine Matten und sein neues Spielzeug und benahm sich, als ob er schon immer hierher gehörte. Die Pipiwiese fand er toll und die Leine störte ihn kein bisschen. Super, weniger Probleme mit der Leinenführigkeit später, nahm er Halsband und Leine ja wie selbstverständlich an. Ich leichtgläubiges Wesen!

Am Abend, nach einem aufregenden Tag für den kleinen Mann gingen wir noch einmal kurz, sehr kurz auf die Pipiwiese – Ozzy mochte die kühlen Temperaturen gar nicht, er fror sehr leicht – und danach zusammen ins Schlafzimmer. Auf mein „na, geh schön ins Bett" marschierte er wie selbst verständlich auf seine Matte, rollte sich ein und war innerhalb von Sekunden fest eingeschlafen. Ich betrachtete dieses kleine Häufchen dunklen Fells liebevoll – wie hatte ich dieses

Schnaufen, Schnobern und Schnarchen vermisst! So ein artiger, kleiner Kerl...

Ich legte mich selig grinsend ins Bett, knipste das Licht aus – und in der Sekunde brach die Hölle los.

Ozzy, der bis zu diesem Moment tief und fest geschlafen hatte, schoss von seiner Matte und lief Amok! Er heulte, schrie und jammerte, sprang mit voller Wucht immer und immer wieder gegen unser Bett und rannte wild hechelnd kreuz und quer im Schlafzimmer herum! Ich war zu Tode erschrocken! Also Licht schnell wieder an, den kleinen Mann eingefangen, zurück auf seine Matte gebracht und beruhigt. Als er endlich wieder fest eingeschlafen war, schlich ich mich zurück ins Bett, knipste das Licht aus...

So ging das jede Nacht, über eine Woche lang. Dieser Welpe brach sofort in Panik aus, wenn das Licht ausgeschaltet wurde, auch ein Nachtlicht half nicht! Selbst wenn ich mich neben ihn auf seine Matte setzte, er war nicht zu beruhigen! Nach einer Woche Schlafmangel war ich so fix und fertig, dass ich ernsthaft in Erwägung zog, Ozzy wieder abzugeben. Ich weiß nicht mehr, wie oft ich mich in dieser Woche angezogen habe und mit ihm nachts draußen herumgelaufen bin. Damit er vielleicht müde wurde. Es half nichts! Und dann kam der Höhepunkt: mitten in der Nacht kroch er zitternd wie Espenlaub unter das Bett und war nicht zu bewegen, wieder rauszukommen. Nach unendlich langen Minuten des Lockens und meinen

Beruhigungsversuchen zog ich ihn schließlich sanft an den Hinterbeinen unter dem Bett hervor, nahm ihn in den Arm und kroch zusammen mit dem kleinen, zitternden Bündel unter die Bettdecke. Das beruhigte ihn endlich und er schlief ein. Ich döste auch etwas weg. Doch als ich ein paar Stunden später wach wurde und mir den kleinen Kerl anschaute, der völlig erledigt neben mir lag und recht seltsam schnaufte, traf mich fast der Schlag! Der ganze Welpe war von oben bis unten mit Pusteln und Beulen übersät und sein kleines Gesichtchen war so zugeschwollen, dass er nichts mehr sehen konnte! Im Laufschritt sind wir zum Tierarzt gefahren, ich dachte, er stirbt mir!

Der Tierarzt war sich bei der Diagnose nun nicht ganz sicher. Fakt war: Ozzy stand unter massivem Stress und war voller Milben. Ob dies nun aber auch zu dieser extremen Reaktion geführt hatte, darauf wollten wir uns nun nicht festlegen. Wir blieben in der Praxis, bis das Medikament anschlug und zumindest seine Augen wieder abschwollen und fuhren dann nach Hause.

An diesem Abend warf ich meinen Nachttisch raus, holte seine Matte und quetschte sie in die Ecke zwischen meinem Bett und der Wand. Ein helleres Nachtlicht wurde eingesteckt – welches ich im Laufe des Tages besorgt hatte – und ein Radio leise angedreht. Ich legte zwei Kissen, eine Babydecke und ein Wärmfläschchen auf seine Matte, schnappte mir den Kleinen, der von der ganzen Aufregung und dem Cortison immer noch völlig fertig war, mummelte ihn in seine Decke und knipste das Licht aus, meine Hand auf seinem kleinen Körper. Er schlief. Die ganze Nacht! Eine Woche später brauchten wir das Radio nicht mehr. Nach zwei weiteren Wochen kam ein dunkleres Nachtlicht zum Einsatz und nach ein paar Monaten verzichtete ich auch darauf. Die erste Hürde war geschafft!

Er schläft übrigens immer noch in seiner Ecke mit seinen beiden Kissen und einer Decke, direkt neben mir. Das Bett musste nun etwas verrückt werden, weil in den Jahren aus dem winzigen, dürren Etwas ein ellenlanges, recht ordentliches Kalb geworden ist, der mault und meckert, wenn ich abends nicht schnell genug das Licht aus bekomme. Angst vor der Dunkelheit hat er nicht mehr. Im Gegenteil, Ozzy liebt unsere Nachtwanderungen. Ich übrigens auch.
Tja und ich krieche seit dieser Zeit jeden Abend über das Fußende ins Bett, weil das Boxerle, alle Viere von sich gestreckt, den ganzen Platz einnimmt. Aber was macht man nicht alles für die „lieben Kinder"!

Ozzy das Jojo

Während Isaac sein Leben lang ein Mäkelfresser war, der gerne mal seinen Napf stehen ließ, bekam ich mit Ozzy nun ein anderes Problem: Dieser Boxer fraß erbarmungslos alles, was er vor seiner kleinen Schnauze fand. Es war furchtbar. Wie ein Staubsauger flitzte er auf seinen kleinen Beinen neben mir her und inhalierte alles, was er auf dem Boden fand: Steine, Zigarettenkippen, Papierschnipsel, Plastikteile – die Liste war schier endlos. Fast im Sekundentakt ruckte der kleine Kopf wie ein Jojo an der Leine auf den Boden, um wieder irgendwas aufzuschnappen. Ich hingegen versuchte, ihn an der Leine und einem „Pfui" wieder nach oben zu befördern. Keine Chance. Also fing ich an, geduckt neben ihm her zu schleichen, um so schneller den ganzen Dreck wieder aus seinem Mäulchen heraus befördern zu können. Tagelang lief ich nun in diesem zusammengefalteten Zustand auf der Straße herum. Es muss ein Bild für die Götter gewesen sein, wenn ich – mit der Nase fast den Boden berührend und den Hintern strack in der Luft – wie eine kaputte Schallplatte „Pfui, Pfui" vor mich her plappernd neben meinem Boxer herstolperte. Gebracht hat es außer massiven Kreuzschmerzen jedenfalls nichts. Also versuchte ich es mit einer Rütteldose. Die ersten Male erschrak er, nur um kurz darauf doch wieder nach dem Objekt seiner Begierde zu schnappen. Im Prinzip tauschte ich gebücktes Laufen gegen ständiges Bücken nach dieser blöden Rütteldose, die ziemlich unkontrolliert auf dem Bürgersteig herum sprang und mich zwang hinterher zu hopsen, um sie zu erwischen. Der kleene Drecksack wiederum nutzte die wenigen Sekunden, in denen ich durch die Dose abgelenkt war, um schnell wieder irgendeinen Mist herunterzuwürgen.

Ich dachte bis zu diesem Tag eigentlich immer, ich wohne in einer sauberen Gegend! Pustekuchen! Man soll ja nicht meinen, wie viel Dreck doch auf so einem kurzen Stück Bürgersteig herum liegt.

Ich war am Verzweifeln. Und in echter Sorge, dieses Boxerkind würde sich selbst mit irgendwas vergiften oder durch die Kaugummi- und Steinefresserei einen Darmverschluss bekommen. Doch da hatte ich die rettende Idee! Tauschgeschäft!

Ich stopfte mir die Taschen mit besonders leckeren Welpenleckerlis voll und marschierte mit ihm los. Jedes Mal, wenn er etwas entdeckte und danach schnappen wollte, rief ich „Pfui", „spuck aus" und schob ihm, nachdem er den Dreck entweder ignoriert, fallen gelassen oder ich ihm das Zeug aus dem Maul geholt hatte, dafür ein Leckerchen in die Schnute. Mit einem zweiten in der Hand lockte ich ihn weiter. Es funktionierte.

Langsam, aber es klappte. Gut, er war über Wochen pappsatt, wenn wir nach Hause kamen, aber egal. „Spuck aus" ist übrigens eines der wenigen Kommandos, die mein Boxer bis heute stets zuverlässig ausführt!

Ozzy und das Staubsaugermonster

Jeder, der selber einen Hund hat, weiß: Früher oder später muss man die Wohnung saugen und putzen. Bei Boxern eher früher als später, außer man stört sich nicht an Hundehaarbüscheln, die beim kleinsten Lufthauch die wie diese hübschen, runden Pflanzen aus Amerika – diesen Tumbleweeds – durch die Wohnung rollen und Sabber wie Kleister von den Wänden tropft.

Da mein Welpe, genau wie Isaac damals – wie der Züchter auch stets betonte – an Alltagsgeräusche wie Radio, Fernseher, Staubsauger etc. gewöhnt war, schnappte ich mir eines Tages meinen Staubsauger und schleppte ihn ins Büro. Ozzy kam natürlich sofort angewackelt, da war etwas Neues und das musste ja nun sofort untersucht werden.

Ganz ohne Angst und Scheu tapste mein kleiner Mann um den Staubsauger herum, schnüffelte hier, schnüffelte da... prima, dachte ich, da hat jemand die Welpen aber super vorbereitet. Ich steckte den Stecker ein, setzte Ozzy etwas zur Seite und drückte auf den Knopf.

Urplötzlich donnerte das kleine Fellbündel neben mir los, krachte kreischend gegen die geschlossene Zimmertüre, kippte um, rappelte sich wieder hoch und düste mit fest eingekniffenem Schwanz Richtung Wohnzimmer. Meine Güte! Ich war genauso erschrocken wie Ozzy, ich wusste in den ersten Sekunden überhaupt nicht, was da jetzt passiert war. Entsprechend lange dauerte es auch, bis ich den Knopf am Staubsauger gefunden und das blöde Ding wieder abgestellt hatte. Sofort rannte ich Ozzy hinterher, der sich jammernd in der hintersten Ecke des Zimmers verkrochen hatte. Ich nahm mein zitterndes Baby auf den Arm, drückte und streichelte ihn, bis er sich wieder einigermaßen beruhigte.

Mit dieser Reaktion hatte ich nun überhaupt nicht gerechnet! Wie war das gleich? An Staubsauger und Alltagsgeräusche gewöhnt? An einen Staubsauger wohl eher nicht! Super Sache, vielen Dank!

Nachdem wir ein wenig verschnauft hatten, schnappte ich mir Ozzy und setze mich mit ihm neben den Staubsauger. Natürlich wollte er gleich wieder panisch flüchten, aber ich hielt ihn fest und sprach beruhigend auf in ein. Setze ihn daneben, hielt ihn fest, ließ ihn schnüffeln. Als er entspannte, nahm ich ihn wieder auf den Arm und schaltete dieses böse Staubsauger-Monster wieder ein. Nur ganz kurz. Ein – „alles gut, mein Äffchen" – wieder aus – „siehst du, der tut dir nichts" – wieder ein...

Das Spielchen wiederholte ich bestimmt eine halbe Stunde lang. Zwischendurch setze ich Ozzy immer wieder neben den

Staubsauger. Und dann schaltete ich ihn ein, während Ozzy noch daneben stand! Ein kurzer Hopser nach hinten, ich sprach ruhig auf ihn ein – und Ozzy blieb stehen. Der kleine Hals wurde lang und länger, er beschnüffelte das „böse Monster", drehte sich schließlich um und marschierte völlig gelangweilt und entspannt auf seine Matte und schlief ein.

An diesem Tag stellte ich übrigens erst einmal auf Handbetrieb um. Ozzy sollte sich langsam an das Gerät gewöhnen, obwohl er schon am selben Tag keine Angst mehr zeigte.

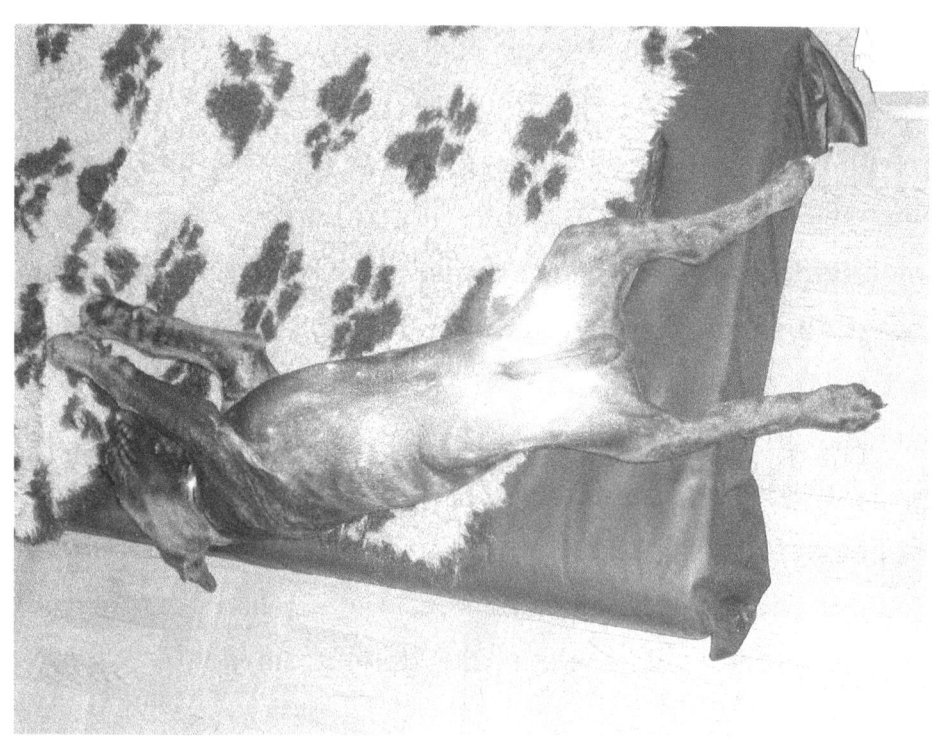

Ozzy und die Sache mit der Stubenreinheit

Bis zu dem Zeitpunkt, an dem Ozzy bei uns einzog, war ich auf eine Sache immer sehr stolz. Ich wurde nämlich, wenn wir wieder einen Welpen hatten, sehr schnell stubenrein. Nein, nein, kein Schreibfehler, ihr habt schon richtig gelesen. Ein Welpe weiß nicht, was Stubenreinheit ist, er weiß nicht, was genau von ihm erwartet wird, wenn er bei euch einzieht. Also muss man es ihm liebevoll beibringen. Konkret heißt das also für die Welpeneltern: Aufpassen, aufpassen und noch mal aufpassen. Jedes „Geschäftchen", welches in der Wohnung landet, ist nicht die Schuld des Welpen, sondern da hat jemand ganz einfach gepennt! Beobachtet man seinen Welpen genau, weiß man eigentlich sehr schnell, wie er reagiert, wenn er muss. Es dauert auch eine ganze Weile – wenn ich mich jetzt nicht ganz irre, ab dem 4. Monat – bevor so ein Zwerg seine Blase so gut unter Kontrolle hat, dass man bei ihm tatsächlich von Stubenreinheit sprechen kann. Manche lernen schnell, manche etwas langsamer. Mein persönlicher Stubenreinheitsrekord mit Isaac: Vier Tage!

Nun gut, Ozzy zog ein. Ich hatte überhaupt keine Bedenken,

was die Stubenreinheit betraf, war ja nicht mein erster Welpe, Kinderspiel. Ähhh... Jaaaaaaa, schon klar.

Dieser kleine Kerl war vollkommen anders. Er zeigte nicht an! Null! Nichts, keine von den „normalen" Reaktionen, die ein Welpe üblicherweise zeigt, wenn er sich ein Eckchen sucht. Ozzy suchte nicht einmal. Er machte einfach da, wo er gerade stand oder ging. Es heißt ja, nach dem Schlafen, fressen, spielen – Welpe raus. Auch das funktionierte nicht. Ozzy machte mal nach 15 Minuten, mal nach 2 Stunden, mal nach einer halben Stunde. Wir gingen raus, er machte schön sein Geschäftchen, gingen wieder rein – eine Viertelstunde später: Pfütze im Wohnzimmer. Egal, was ich anstellte, ich kam einfach nicht dahinter, wann oder warum er nun gerade musste. Besuch beim Tierarzt, Blase war gesund, keine Infektionen oder sonstiges. Erklären konnte er mir das Problem aber nun auch nicht.

Glaubt es mir, ich bin fast durch gedreht. Ich blieb ununterbrochen angezogen, damit ich sofort losrennen konnte, ließ den kleinen Kerl nicht aus den Augen. Nutzte rein gar nichts! Irgendwann reichte es mir dann. Ich fing an, jede Viertelstunde mit nach draußen zu gehen. Als das klappte – musste es ja, kein Welpe der Welt kann soviel pink... ähh Pipi, unmöglich – fing ich langsam an zu steigern, Ozzy immer genau im Auge behaltend. Von einer Viertelstunde auf eine halbe, von der halben auf eine dreiviertel, bis wir im „normalen" 2 Stunden – nach dem Fressen, spielen, schlafen – Rhythmus angelangt waren! Und plötzlich, ganz von alleine, fing er an, anzuzeigen, indem er sich kurzerhand vor die Türe setzte. Ich war so erleichtert, das glaubt mir kein Mensch. Und fix und fertig! Schleppt mal alle Viertelstunde so ein kleines Monster die Treppen hoch und runter und auf die nächste Wiese!

Natürlich ist Ozzy seit dieser Zeit zuverlässig stubenrein. Allerdings hat er nach wie vor eine recht seltsame Art, mir zu zeigen, dass er dringend an die frische Luft muss. Er setzt sich zwar nach wie vor direkt vor eine Tür, bleibt aber nicht lange sitzen. Scheinbar meint er, ich kapiere nicht, was er von mir will. Weil er ja auch gerne mal vor einer Tür liegt, wenn es warm ist.

Stattdessen fängt er an zu schmatzen. Eigentlich müsste man es schon schnalzen nennen, denn er macht es in einer Lautstärke, die mich sogar nachts aus dem Tiefschlaf holt! Bevorzugt setzt er sich nachts, wenn er raus muss direkt an das Kopfende meines Bettes, schiebt den Kopf so nah es geht an mein Ohr und dann geht es los! Schmatz... kurze Pause... schmaaatz, schmaaatz... kurze Pause... Schmaaaaaaatz! Genau ins Ohr. Es ist sooooo extrem nervig! Aber extrem effektiv. Damit ihr euch in etwa die Lautstärke vorstellen könnt: Ich schlafe mit Kopfhörern und einem MP3 - Player mit Hörbuch, welches sich nicht alleine abschaltet, sondern durchläuft, wenn ich eingeschlafen bin. Trotzdem schafft er es, mich zu wecken. Aus dem Tiefschlaf. In kürzester Zeit. Dieser Boxer hat so einen Knall! Normal ist der kleene Drecksack jedenfalls nicht! Aber was soll's, normal kann jeder. Oder?

 **Der kleine Terminator**

Während Isaac damals gerade einmal eine Topfpflanze zerlegt hatte und von Anfang an frei in der ganzen Wohnung laufen durfte, entwickelte sich Ozzy zu einem kleinen Terminator. Diesen kleenen Drecksack durfte man keine Sekunde aus den Augen lassen. Eines hab ich in Ozzys Welpen- und Junghundzeit schnell gelernt: wird es ruhig in der Wohnung – so schnell wie möglich nach dem Boxer schauen, was der so treibt! Besser ist das!

Ozzys bevorzugte Opfer seiner Zerstörungswut waren Handtücher, Decken und Kissen aller Art und Couleur. Erwischte er ein Handtuch, zerlegte er es binnen Sekunden in wunderschöne schmale Streifen. Ebenso seine Decken. Ich bin fast wahnsinnig geworden, ich konnte nichts, aber auch rein gar nichts in der Wohnung auf einen Wäscheständer hängen, wenn dieses kleine Biest auch nur irgendwie in dessen Nähe kam. Passte ich nicht ununterbrochen auf, nutzte er jede sich ihm bietende Gelegenheit, um sich ein Handtuch zu klauen und es zu zerfetzen.

Nun gut. Ich kann nicht behaupten, dass ich begeistert war, da es sich aber in erster Linie um Handtücher handelte, fand ich es jetzt nicht so schlimm. Manch ein Hund zerstörte komplette Sofas, Sessel oder Betten, da konnte ich ein paar Handtücher durchaus verschmerzen. Dachte ich!

Eines Tages, – ich war gerade in der Küche, um Ozzys Fressen fertig zu machen – merkte ich, dass Ozzy, der normalerweise in der Küche neben mir saß, verschwunden war. Totenstille in der Wohnung. Ich rief nach ihm. Keine Reaktion! Immer noch Stille. Mhhhhh... diese Ruhe... nicht gut! Ich marschierte also auf der Suche nach meinem Boxerle durch die Wohnung. Als ich ins Wohnzimmer kam, hörte ich ein recht seltsames Geräusch – und dann sah ich es! Ein Schrei, ich sprang nach vorne und schnappte mir den kleinen Mann, der neben seiner Matte stand... und mit Hingabe ein riesengroßes Loch in meine Wandecke kaute!

Der Boden übersät mit Tapeten- und Putzstücken, die kleine Schnute weiß verschmiert, reagierte er nicht mal auf mein Brüllen, so vertieft war er in seiner Aufgabe, mein Wohnzimmer umzubauen! Ich setzte ihn schimpfend ab, kehrte den Dreck so gut es bei dem versabberten, am Boden festpappenden Dreck eben auf die Schnelle ging zusammen, rührte etwas Gips an und reparierte fluchend die Wandecke.

In den nächsten Wochen brauchte ich viel Gips!

Sehr viel Gips! Mal so nebenbei: meine Wandecken in Wohnzimmer und Büro bestehen nur noch aus Gips. Sehr instabil, rammt man auch nur einmal fest dagegen, bröckelt der ganze Kram wieder ab.

Und gute Nerven. Sehr gute Nerven, denn Ozzy wartete nicht mal darauf, dass ich aus dem Zimmer ging, um sich wieder auf eine Ecke zu stürzen. Den lieben langen Tag war ich damit beschäftigt, diesen kleenen Drecksack nicht aus dem Augen zu lassen, ihn mir in Windeseile zu schnappen und von einer Wand wegzutragen, eine Ecke wieder und wieder neu zu gipsen, oder ein Handtuch, eine Decke oder Kissen aus dieser kleinen Schnute zu zerren. Alles schimpfen, verbieten und selbst eine Rütteldose half nicht! Ozzy fraß unbeirrt weiter!

Ich glaube, ich habe gefühlte 10 Kilo an Gewicht verloren, von der Hin- und Herrennerei! Nach ein paar Tagen war ich fix und fertig und rechnete mir schon in Gedanken aus, wie viel der Versand für einen großen Karton samt Boxer, Schmusedecke und Quietschball zurück zum Züchter kosten würde!

Mein Wäscheschrank wurde leerer und leerer, der Gipsbedarf schoss ins Unermessliche und ich bildete mir wirklich ein, die Verkäufer im Baumarkt schauten mich komisch an, wenn ich schon wieder eine Tüte Gips kaufte.

Nachfrage beim Tierarzt: entweder eine Marotte oder Mineralmangel. Na, super. Enorm hilfreiche Auskunft!

Mineralpaste wurde angeschafft, keinerlei Besserung! Dieser Boxer fraß an den Wänden, Kissen, Handtüchern oder Decken herum, sobald sich eine Gelegenheit bot. Also doch eine Marotte.

Als ich schließlich kurz davor war, dieses Lochfraß-Monster im Tierheim gegen einen Hamster einzutauschen, kam mir eine Idee. Ich wechselte die weichen Welpenspielsachen gegen Kauartikel aus – große Büffelhautknochen, die eigentlich für sein Alter nicht gedacht waren, Schweineohren, Fellstreifen, einen großen Kong, große, harte Hundekekse und bot ihm diese an. Innerhalb von Tagen stellte er die Wandfresserei ein!

In diesem Fall war es ganz klar menschliches Versagen! Eigene Blödheit, sozusagen. Da keiner meiner Hunde vor Ozzy jemals Büffelhautknochen oder sonstigen Kauartikel mochte – sie nahmen sie nicht an und die Dinger vergammelten mit schöner Regelmäßigkeit in der Wohnung – habe ich für Ozzy außer den üblichen Welpenspielzeugen und hier und da mal eine weiche Kaurolle nichts eingekauft.

Ozzy macht nichts lieber, als auf irgendeinem Gegenstand herumzukauen. Ozzy muss kauen, das beruhigt ihn. Ist ihm langweilig, kaut er. Seitdem er regelmäßig Zugang zu Kauartikeln hat, hat er sich nicht einmal wieder an meinen Sachen vergriffen. So einfach kann es manchmal sein!

 ## Ozzy und die Leine

Könnt ihr euch, meine lieben Boxerfreunde, noch an meine anfängliche Euphorie erinnern, weil Ozzy ja so lieb Halsband und Leine angenommen hatte? Ja? Gut, dann vergesst es einfach wieder ganz schnell!

Wie oft habe ich in Beschreibungen – meist handelte es sich um Boxer-Notfellchen – gelesen: Läuft Boxertypisch an der Leine! Kennt ihr, ja?

Anfangs, als ich noch keinen eigenen Boxer hatte und nur Charly und die Hundeplatz – Boxer kannte, dachte ich, Boxer laufen stets immer und überall nett und gesittet an ewig durchhängender Leine neben ihrem Besitzer her.

Diese wundervolle „Wunschvorstellung" blieb mir erhalten, bis Isaac einzog! Der zeigte mir schnell, was „Boxertypisch" wirklich bedeutete.

Was soll ich sagen: Ozzy übertrifft sogar „Boxertypisch"! Dieser Hund zerrte von Anfang an der Leine, als ob sein Leben davon abhing! Einfach nur mal geradeaus laufen? Nicht mit Ozzy. Auch heute noch zick-zackt dieser Hund in Schlangenlinien wie ein kopfloses Huhn von links nach rechts, von hinten nach vorne, um mich herum, nur um wieder nach hinten zu rennen, kurz: Dieser Hund läuft mich schwindelig! Da er ja nun auch nicht immer frei laufen kann, habe ich mir unbewusst im Laufe der Zeit angewöhnt – damit Ozzy auch an der kurzen Leine etwas mehr Freiheit hat – im Zick-Zack hinter dem Kerl herzuschwanken, was mir schon den einen oder anderen verächtlichen Blick von Spaziergängern und Passanten eingebracht hat. Scheinbar glauben sie, ich bin schon am helllichten Tag sturzbesoffen!

Manchmal habe ich den Eindruck, dieser Hund zerrt aus Spaß am zerren! Jeder Schlittenhund würde vor Neid erblassen, wenn sie sehen, wie Ozzy sich ins Brustgeschirr wirft. Mir bekommt das natürlich überhaupt nicht, welche Gelenke, Bänder, Sehnen und Muskeln finden es auch schon auf die Dauer witzig, sich täglich mehrmals bis zum Anschlag mit Gewalt auseinanderziehen zu lassen?

Ich habe mich tatsächlich schon einmal dabei erwischt, dass ich im Spiegel nachgeschaut habe, ob mein linker Arm mittlerweile länger ist als der rechte und ob ich mich schon ohne mich zu bücken am Knie kratzen kann. Geht Gott sei Dank noch nicht, Arme sind auch noch gleich lang.

Dieser Boxer zerrt so massiv an der Leine, wenn er richtig Gas gibt, dass er sich – ernsthaft, kein Scherz, wir waren danach sofort beim Tierarzt und haben das Herz schallen lassen, natürlich alles bestens – schon zweimal selbst am Halsband ohnmächtig gewürgt hat. Weshalb er – meinen Nerven zuliebe – nur noch am Brustgeschirr geführt wird!

Was habe ich in den vergangenen Jahren nicht schon alles ausgetestet, um diesen Boxer vom zerren abzubringen. Ich glaube, ich habe so ziemlich alle Methoden durch, wie zum Beispiel den Richtungswechsel. Anfangs fand er es noch witzig, wenn ich urplötzlich die Richtung wechselte, nach ein paar Tagen fand er es nur noch öde und ich musste ihn wie ein stures Muli in die entsprechende Richtung zerren. Nur um zuzusehen, wie er postwendend wieder ins Brustgeschirr donnerte. Ozzy ist Richtungswechsel gelinde gesagt schnuppe, er findet in allen Richtungen etwas Interessantes.

Natürlich habe ich auch den Klassiker schlechthin probiert: Be a Tree, sei ein Baum – oder stehen bleiben, wenn Zug auf die Leine kommt. Ich war so oft und so lange ein „Baum", dass es mich ernsthaft wundert, dass mir noch keine Blätter aus dem Kopf gewachsen sind und Ozzy mir noch nicht an den Stamm... Quatsch, ans Bein natürlich gepink... äh... gemacht hat!

Auch das lernte er schnell: er zog, ich blieb stehen, Ozzy auch. Dann vertrieb er sich die Zeit – während ich blöde als Baum in der Weltgeschichte herum stand und langsam Moos ansetzte – mit schnüffeln, schauen was es so Neues in der Nachbarschaft gab, herum wälzen oder Gras fressen, bis die

Leine locker durch hing und ich wieder los lief. Rumms, hing er wieder im Geschirr! Ich stand und stand und stand...
Alles völlig zwecklos. Dieser Boxer ist mit Abstand der sturste und erziehungsresistenteste Hund, der mir jemals begegnet ist!

Das einzig positive an Ozzys Zerrerei: Ich brauche kein Fitness – Studio mehr. Nach 3 Jahren Gassi gehen mit Özzelchen habe ich eine doch recht ordentliche Kraft in den Fingern und einen Unterarm wie Popeye. Zumindest links. Was ich in der Hand habe, habe ich in der Hand und wird nicht mehr losgelassen! Niemals! Eher reißt mir der Arm ab. Nachteil: Ich kann keine Hunde mehr Gassi führen, die nicht wenigstens annähernd das Kampfgewicht und die Kraft eines Boxers haben! Zumindest nur noch mit größter Vorsicht!

Ich werde nie vergessen, als ich einmal den kleinen Mops meines Schwagers ausgeführt habe. Der Mops im Übrigen wohl leider auch nicht. Mein Schwager drückte mir die Leine in die Hand und wir marschierten los. Da lief ich also, mit diesem Wurschtkordel ähnlichem Ding, zumindest was die Stärke dieser sogenannten Leine anging, in der Hand und wusste anfangs wirklich nicht, was ich damit anfangen sollte. ICH habe Leinen! Dicke, stabile Seilleinen oder doppelt gelegte Biothane – nicht so ein spindeldürres Schuhbändel!

Paulemops tapste artig neben mir her, schnüffelte hier, mal da, ich langweilte mich schon langsam zu Tode – bin ich ja überhaupt nicht gewohnt, solche unspektakulären Spaziergänge – als plötzlich eine Katze über die Straße lief. Paul reagierte sofort, sprang los – und hing plötzlich quer in der Luft! Und landete mit einem lauten Platsch auf dem – Gott sei Dank recht gut gepolsterten – Hinterteil.

Ich schwöre bei allem, was mir heilig ist, ich habe nicht an dieser Leine gezogen! Nur ein bisschen dagegen gehalten. Wirklich nur ein ganz kleines bisschen!

Himmel, hab ich mich erschrocken, als dieser kleine Mops – Mann urplötzlich durch die Luft flog. Paul natürlich auch.

Dauerte auch eine ganze Weile, bis er mir wieder verziehen hatte... und ich führte ihn lieber – die „Leine" sicherheitshalber nur zwischen zwei Fingern haltend – schnellstens nach Hause.

Das Knipsding

Wenn mein kleener Drecksack eines nicht leiden kann, dann ist es fotografiert zu werden. Er hasst dieses Knipsdings ohne Ende! Sitzt oder liegt er in einer super schönen Pose, ich garantiere euch, sobald ich die Kamera in die Hand nehme, oder auch nur das Handy zücke, ist er entweder ganz aus meinem Blickfeld verschwunden oder er zieht urplötzlich saublöde Grimassen! Ozzy ist ein wahrer Meister im Grimassen ziehen.

Der Versuch, halbwegs anständige Fotos von Ozzy zu machen, läuft meist folgendermaßen ab:
Ich setze ihn vor einen schönen Hintergrund, achte auf den Lichteinfall – passt. Boxer sitzt richtig toll in Pose. Ich schnappe meine Kamera, schaue durch den Sucher und just in diesem Augenblick wird aus dem stolzen Boxerbuben ein schwabbeliger Kartoffelsack! Die Ohren hängen fast bis auf die Erde, der Kopf hängt, die Zunge scheint plötzlich zu lang für die Schnauze und schlabbert seitlich herum und der ganze Körper fällt krumm und buckelig zusammen. Dann steht er auf. Ich packe zähneknirschend meine Kamera weg, schnappe mir meinen Boxer, der gelangweilt schnüffelnd Richtung

Heimat marschiert, setze ihn wieder vor diesen Hintergrund, Kommando „Bleib". Gehe langsam und vorsichtig rückwärts, nehme meine Kamera und... dieser Boxer sackt wieder zusammen! Spätestens nach dem fünften vergeblichen Versuch gebe ich es auf und packe seufzend Kamera oder Handy weg.

Einmal haben wir eine ganz tolle Wiese entdeckt. Super Motiv, mit Bäumen im Hintergrund...
Da ich schon lange keine aktuellen Fotos mehr von Ozzy gemacht hatte, das Wetter prima mitspielte, dachte ich, versuche es einfach mal. Die Fellkinder werden ja so schnell erwachsen und verändern sich ja auch noch, wenn sie älter werden. Da möchte man natürlich schon schöne Erinnerungsfotos haben.
Ich schnappe mir mein Özzelchen, suche eine geeignete Stelle auf der Wiese und setze ihn hin. Ozzy sitzt kerzengerade, schaut mich aufmerksam an. Uih, Perfekt! Ich hocke mich hin, hebe die Kamera, schaue durch, will gerade das Knöpfchen betätigen – Ozzy steht auf und kommt einen Schritt auf mich zu. Mist, elendiger! Kommando „Sitz"! Ozzy setzt sich. Ich stehe auf und gehe auch einen Schritt zurück, knie mich wieder hin – Ozzy steht auf, kommt auf mich zu. Herr im Himmel, dieser sture Boxer!!!! Kann ja nicht wahr sein! Noch einmal: Kommando „sitz". Ozzy setzt sich, richtig schön sogar. Ich stehe auf und gehe – den Boxer im Auge behaltend – einige

Schritte zurück... und trete ins Leere. Mit einem spitzen Schrei verabschiede ich mich rückwärts Richtung Erde, drücke dabei noch versehentlich auf den Auslöser und krache in einen ziemlich stacheligen Busch. Die Böschung! Diese blöde, kleine Böschung hinter mir, die zwei Wiesen voneinander trennt, dieses doofe Ding habe ich natürlich im Eifer des Gefechtes prompt vergessen!

Ozzy kam sofort angeflitzt, hopste aufgeregt auf meinem Bauch herum und sabberte mich besorgt von oben bis unten ab. Ich gebs zu: Für einen winzig kleinen Moment hatte ich den kleenen Drecksack in Verdacht, mich absichtlich nach hinten zur Böschung befördert zu haben. Er war allerdings doch recht entsetzt, als ich kreischend den Berg runtergekracht bin. Aber – entscheidet selbst...

Ozzy und der Spielzeugwahn

Ozzy ist der erste Hund, der mangels geeigneter Tobekumpel und seinem überschäumenden Temperament von mir massiv beschäftigt und ausgelastet werden muss. Sei es durch Laufen, Suchspiele oder mit Spielzeug.

Ozzy ist ein kleiner Rennjunkie, er rennt gerne, schnell und viel. Dieser Hund muss mindestens einmal am Tag ordentlich Gas geben, sonst wird er maulig.

Logisch, dass Ball- oder Frisbee werfen zu seinen Lieblingsspielen gehört.

Er geht auch sehr sorgsam mit seinen Spielzeugen um, nie würde er eins draußen verlieren. Im Gegenteil, Ozzy sammelt mit einer Hingabe die Spielsachen der Hunde auf, die sie wieder einmal irgendwo liegen gelassen haben und freut sich dann wie Bolle. Diese Bälle sind für ihn eine ganz besondere Beute. Wir haben mittlerweile schon einen ganzen Karton voll mit Tennisbällen, Gummibällen, Futterbällen und Zergeltauen. Ozzy hat noch nie einen seiner Bälle abgelegt und dann vergessen oder nicht mehr gefunden, er weiß immer, wo er seinen Kram abgelegt hat.

Was man von mir leider nicht immer sagen konnte...

Ich muss zugeben, dass ich damals einen Ball nicht mal in ein weit offenes Scheunentor werfen konnte. Ging einfach nicht. Massiv gestörte Hand – Augenkoordination. Wirklich massiv gestört! Leider hat sich mein Boxer im Laufe der Zeit meiner etwas seltsamen Wurftechnik angepasst, indem er sich vor dem Durchstarten einmal rasend schnell um die eigene Achse dreht, um so alle (un)möglichen Wurfrichtungen meinerseits im Blick zu haben. Nachteil: Werfe ich tatsächlich einmal geradeaus, sieht er durch seine Drehung natürlich nicht, wo das Spielzeug landet. Ich muss dann ein jedes Mal mit dem kleenen Drecksack, der maulend und meckernd neben mir her rast und schon nah an der Hysterie sein Spielzeug sucht, die Wiese nach dem blöden Teil abklappern!

An einem schönen Tag nahmen wir Ozzys Lieblingsballi mit, so ein Schaumstoffdingens an einem Gummiseil. Mit einem normalen Kordel lassen sich diese Bälle ja schon blöde werfen, mit einem Gummiseil werden sie unberechenbar! Zumindest für Menschen wie mich, die einfach nicht werfen können. Ich habe damals diese Art Bälle gewählt, weil ich Stöckchen werfen nicht so prickelnd finde – mir ist das einfach zu gefährlich – und die Frisbees grundsätzlich 2 Meter vor meinen Füßen gelandet sind. Für einen Langstreckenläufer wie meinen kleenen Drecksack natürlich absolut witzlos!

Okay, ich warf also diesen Ball und obwohl ich immer nach vorne gezielt habe, flog das Ding mal nach links, mal unkontrolliert nach rechts. Das Özzelchen fand das natürlich lustig, flitzte hin und her und hatte einen Heidenspaß.
Bis ich ihm einen besonders langen Flugball ankündigte.
Ich holte weit aus, das Gummiband dehnte sich, ich warf ihn und dieser blöde Ball an dieser blöden Gummischnur schoss hoch in die Luft und landete – wie soll es anders sein – direkt über mir in einem Baum! In einem sehr hohen Baum! Herr im Himmel! Absolute Katastrophe!
Da ja nun sein heiliges Balli nirgends gelandet war und er es auch nach minutenlanger, hektischer Suche nicht finden konnte, drehte der kleene Drecksack fast durch. Der Lieblingsballi weg. Oh wee!

Ich stand unter diesem Baum, kurz vorm heulen und starrte nach oben, während das Bällchen über mir munter und völlig unerreichbar am Gummiband vor sich hinschaukelte!
Ich habe sogar in Erwägung gezogen, auf diesen verflixten 10 Meter Baum zu krabbeln, aber selbst die unteren Äste waren zu hoch für einen Zwerg wie mich. Und nun?
Es blieb mir nichts anderes übrig, als den Boxer heim zu zerren. Zerren, weil er sich mit aller Macht gegen die Leine wehrte, sein Ball war da noch irgendwo und er hatte nicht die Absicht, ihn dort zu lassen. Wie einen störrischen Ziegenbock

zog ich den Kerl nach Hause, kein Leckerchen und kein liebes Wort oder Kommando half. Ließ ich ein wenig nach, versuchte er sofort wieder auf die Wiese zurückzulaufen.

Mein Mann fand die ganze Sache anfangs wirklich lustig, doch nach zwei Stunden nervenaufreibendem Jammerns, Meckerns und penetrantes Anstarren von Seiten des Boxers versprach er uns, den Ball zu holen.

An dieser Stelle einmal vielen Dank an die Bundeswehr für die gute Ausbildung. Der Ball konnte nach einer halben Stunde unter den kritischen Blicken Ozzys vom Ast geborgen und seinem rechtmäßigen Besitzer zugeführt werden.

Aber, seit diesem Tag bewacht Ozzy seine Spielsachen noch mehr und ich habe endlich werfen gelernt. So etwas passiert mir nämlich – nachdem ich wegen seines Frisbees ein paar Tage nach der Misere mit dem Ball in einen Graben mit hüfthohen Brennnesseln kriechen durfte, mit kurzer Hose und T-Shirt wohlgemerkt – nicht noch einmal!

Ich bin nämlich auch nicht ganz lernresistent! Ich habe das Spielzeug sicherheitshalber meinen manchmal nicht vorhandenen Wurffähigkeiten angepasst! In Form einer sogenannten Reizangel. Diese super – genialen Dinger bestehen aus einem Stab und einem langen Band mit einem Spielzeug am Ende des Bandes. In Ozzys Fall einer Quietschewutz. Kann man sich ganz einfach selbst basteln, wir haben für unterwegs allerdings eine gekaufte Teleskopangel, die sich platzsparend zusammenschieben lässt. Diese Angeln haben den Vorteil, dass ich das Spielzeug nicht unkontrolliert weg schmeißen kann – es hängt ja an einem Seil – sondern auch noch den Boxer herrlich auslasten und sogar noch etwas Unterordnung und Impulskontrolle üben kann.

Ozzy liebt seine Fliegewutz und kann gar nicht genug von der Spielerei mit der Angel bekommen. Dieser kleine Hippel ist bei der Arbeit mit der Reizangel so konzentriert, dass es ihn nicht einmal interessiert, wenn Spaziergänger stehen bleiben und zuschauen.

Tja, wie heißt es so schön? Dumm darf man sein, man muss sich nur zu helfen wissen!

 **Ozzy und das Sofa**

Habe ich eigentlich schon erwähnt, dass Hunde hier nicht auf die Couch dürfen? Nein? Gut, dann hole ich das jetzt mal nach. Sie dürfen nicht. Nein wirklich nicht, die Vorgänger durften schon nicht und haben sich daran gehalten.
Mir wäre es nun eigentlich egal, weshalb ich mich aus dem Teil der Erziehung auch weitestgehend herausgehalten habe. Ich müsste ja schließlich die Decken und Kissen waschen und ich fände es ehrlich gesagt auch recht kuschelig, abends mit einem weichen, warmen Boxer im Arm auf der Couch zu liegen. Mein Mann findet es aber nicht so toll, auch wegen seiner Allergie.
Also wurde logischerweise auch Ozzy von Anfang an untersagt, auf das Sofa zu krabbeln. Tja und so nahm wieder einmal ein Drama seinen Lauf!

Um zu verstehen, was sich hier täglich abspielte, muss man den kleenen Drecksack näher kennen. Ozzy ist mit Abstand das sturste Wesen, welches mir jemals begegnet ist! Dieser Boxer hat seine ureigenste Vorstellung davon, wie sein Leben zu laufen hat und davon weicht er keinen Millimeter ab!

Ums verplatzen nicht, selbst wenn er dafür eine Masse Ärger bekommt! Was meinte eine liebe Bekannte neulich dazu? Nicht stur, sondern Durchsetzungsfähig und Willensstark! Oder zu gut Deutsch: Man beißt sich die Zähne aus an diesem kleinen Biest!

Dieser Boxerbub beschloss also schon als Welpe, sein Platz ist auf der Couch. Unserer Couch selbstverständlich, obwohl er von Anfang an ein eigenes Hundesofa hatte.

So oft er konnte, krabbelte er nun auf unser Sofa. Täglich. Mehrmals täglich, nur um postwendend mit einem „Nein" von meinem Mann wieder herunter befördert zu werden. Nur um fast postwendend wieder hochzukrabbeln.

Irgendwann kam eine Wasserspritze zum Einsatz. Täglich. Ozzy sprang von der Couch, schüttelte sich angewidert, setzte sich – und war in Windeseile wieder auf der Couch, sobald mein Mann sich umdrehte. Gut – dachte der – dann mit scharfem Geschütz und schnappte sich die Rütteldose. Täglich! Ozzy sprang nach dem Rütteln herunter, marschierte mit einem tödlich beleidigten Gesichtsausdruck auf sein Sofa, nur um blitzschnell wieder auf unseres zu hüpfen, wenn mein Mann das Zimmer verließ!

Mag der kleene Drecksack stur sein wie ein Muli, doof ist er jedenfalls nicht. Er lernte schnell: Rauf auf die Couch, wenn mein Mann zur Türe hinaus ging, blitzschnell runter, wenn er hörte, er kommt wieder.

Es blieb natürlich nicht unentdeckt, die Kissen waren zerwühlt, die Decken verschoben. Mein Mann war völliger verzweifelt: Nichts, aber auch rein gar nichts hielt diesen Boxer von unserem Sofa fern. Doch da hatte mein Mann eine Erleuchtung: Bretter auf die Couch! Prima Idee! Lagen da Bretter, konnte der Boxer nicht drauf. Okay, wir auch nicht, wir mussten jedes Mal, wenn wir uns setzen wollten, eine Armada an Brettern wegräumen. Recht nervige Angelegenheit, aber scheinbar effektiv, denn Ozzy schlich zwar mit einer bitterbösen Leidensmiene um die Couch herum, machte aber keine Anstalten mehr, hochzuspringen. Mein Mann triumphierte! Sieg über das Boxerkind! Bis... ja bis mein Mann eines Tages ins Wohnzimmer kam und genau in die Augen des kleenen Drecksacks schaute, der stolz wie ein Spanier an die Lehne des Sofas gequetscht – die Bretter bis vorne zur Kante geschoben – auf einem der Kissen thronte. Von diesem Tag an war es vorbei mit der höllischen „Bretter – auf – der Couch" Taktik! Mit einer Selbstverständlichkeit, die ihresgleichen sucht, sprang Ozzy auf die Couch, schob die Bretter mit der Schnauze fein säuberlich zur Seite und machte es sich bequem. Mein Mann hat sich nach zweieinhalb Jahren Kampf mit dem Boxer geschlagen gegeben, Oz ist der erste Hund, dem es erlaubt ist auf dem Sofa zu liegen.
Wie war das noch gleich? Durchsetzungsfähig und Willensstark?

 ## Ozzy, ich und der tägliche Irrsinn

Wie schon berichtet, hält Ozzy nicht viel von Leinen und der dazugehörigen Leinenführigkeit. Was noch zu erwähnen wäre: Er hält nämlich genauso wenig von Brustgeschirren!
Seit geschlagenen drei Jahren, geschlagene 4x täglich kämpfe ich mit diesem Boxer ums schnelle und unkomplizierte „Anziehen". Jeden Tag! Obwohl er mittlerweile schon recht gesittet am Halsband läuft, muss er zusätzlich für seine Sicherheit – ihr erinnert euch: Er hat sich schon selbst ohnmächtig gezerrt – ein Brustgeschirr tragen. Zum einen, damit ich ihn – wenn er wieder einmal wie vom Gummiband abgeschossen nach vorne ins Halsband donnert – am Brustgeschirr greifen und so den Druck von seinem Kehlkopf nehmen kann und zum anderen, um die Schleppleine zu befestigen, die er ja noch braucht.Ozzy lernte die Zeiten, zu denen wir für gewöhnlich spazieren gingen sehr schnell – obwohl ich immer versucht habe, mich nicht so eng an eine bestimmte Uhrzeit zu binden – und saß ein jedes Mal schon minutenlang vorher aufgeregt vor der Wohnungstür, während ich mir noch die Schuhe anzog, meine Jacke holte oder was ich sonst so für einen Hundespaziergang brauchte.

Ich zog mich also an, mein Boxerle saß aufgeregt jappernd vor mir – so nach dem Motto: „Nun mach schon, beeil dich, ich möchte raus!" – griff nach dem Brustgeschirr, welches fein säuberlich für schnellen Zugriff direkt neben der Wohnungstür hängt, bückte mich – und mein Boxerle war spurlos verschwunden! Ähhh... Hä?

Ich suchte die Wohnung ab und fand den kleinen Mann im Wohnzimmer, wo er schon auf mich wartete. Nun ja, dachte ich, ob ich ihm das Brustgeschirr nun hier oder im Flur anzog, war ja egal. Ich machte einen Schritt auf ihn zu, bückte mich, um ihm das Brustgeschirr überzustreifen... und weg war das Boxerkind! Wie von einer Tarantel gebissen schoss er, sobald ich mich mit dem Brustgeschirr näherte, hinter den Couchtisch und ging dort in Deckung.

Echt jetzt? Ernsthaft? Da wollte wohl ein kleines Boxerkind Spielchen mit mir spielen, denn Angst hatte er definitiv nicht davor. Ich flitzte also hinterher. Ozzy lief um den Tisch in die Mitte des Zimmers und setzte sich brav. Sobald ich mit dem Geschirr jedoch wieder seine Nähe kam, sauste er wieder los. Nach einer Viertelstunde – dem Boxer durch die gesamte Wohnung hinterher jagend – hatte ich ihn endlich erwischt und konnte ihm das Brustgeschirr erfolgreich anlegen!

Wer jetzt meint, das war ein Einzelfall, einfach nur mal so ein dummer Einfall des Boxers, der irrt gewaltig, denn so lief das die komplette erste Woche.

Boxer wollte raus, ich griff nach dem Geschirr – Boxer war weg und musste mühselig eingefangen werden!

Nur konnte das ja nun nicht so weiter gehen, ich war ja schon fix und fertig, bevor ich überhaupt einen Fuß vor die Türe setzte.

Ich versuchte es mit locken und loben. Das Boxerkind rannte um sein Leben, sobald er nur einen Zipfel dieses dusseligen Brustgeschirres sah. Käsestücke als Lockmittel eingesetzt – Ozzy rannte! Hähnchenfleisch – Ozzy schnappte sich das Hähnchen... und flitzte!

Nicht genug, dass ich diesen Hund viermal am Tag wie eine Herde störrischer Kühe in eine Zimmerecke treiben musste um ihn zu fangen, nein, kaum hatte er das Brustgeschirr an, fing er an, sich wie wahnsinnig zu kratzen. Es dauerte ewig, bis wir endlich zur Türe heraus waren, saß er doch überwiegend auf seinem kleinen Hintern und kratzte, kratzte und kratzte! Logischerweise nur an den Stellen, wo das Brustgeschirr saß und er es mit seiner Pfote erreichen konnte.

Sobald wir die Treppenstufen geschafft und endlich auf der Wiese angekommen waren, hörte er – die Nachbarn erkundigten sich schon mitleidig, ob er an Krätze oder Flöhen litt – sofort mit der elenden Kratzerei auf.

Doch dann kam der Höhepunkt: Sobald wir uns wieder in Bewegung setzten und Richtung Feld marschieren wollten, drückte er beim Laufen seinen Rücken nach unten durch, knickte in den Beinen ein und schlich fast kriechend mit einer herzzerreißenden Leidensmiene neben mir her! Nur um mir zu zeigen, wie sehr dieses böse, mindestens 10 Tonnen schwere Geschirr ihm doch zu schaffen machte!

Diesen gebückten Gang hielt das kleine Biest minutenlang durch, ich konnte machen was ich wollte, er ließ sich nicht ablenken! Erst als wir oben im Feld ankamen, stellte er diesen Quasimodo – Gang ein und lief normal. Klar, dort gab es ja auch feine Sachen zu erkunden!

Könnt ihr euch vorstellen, wie das ist, mit so einem verbogenen, sich ewig kratzenden Welpen herumzulaufen?

Natürlich erkundigten sich auch hier die „lieben, besorgten" Nachbarn, was denn um Himmels willen mit diesem Hund nicht stimme! Litt er vielleicht an einer Behinderung, der arme Kerl, weil er so komisch lief? Ein Gendefekt vielleicht? Armes, kleines Boxerbaby! Ja, nee, schon klar! Dieser „arme" Welpe machte mich schier wahnsinnig!

Alles locken, loben, gute und böse Worte halfen nicht, Ozzy wollte dieses Brustgeschirr nicht anziehen, fertig! Ich habe in den 3 ½ Jahren, seit wir ihn haben, verschiedene Modelle ausgetestet, habe es ihm über mehrere Wochen zur Eingewöhnung angelassen, habe geclickert. Ohne Erfolg!

Mittlerweile sind wir uns einigermaßen einig. Das seltsame, gebückte Herumschleichen hat er dem Himmel sei Dank nach ein paar Wochen von allein eingestellt. War ihm wohl selbst zu blöd, denn es dauerte in dieser Gangart einfach zu lange, bis wir unsere Tobewiese erreichten.

Ich habe kürzlich ein Geschirr gefunden, das er akzeptiert. Nun gut, ein bisschen. Zumindest mehr als alle anderen! Nach wie vor dreht er ab und marschiert ein paar Schritte in die andere Richtung, wenn ich nach dem Geschirr greife, kommt aber auf Zuruf zurück und setzt sich. Er kratzt sich auch nach wie vor, aber nur noch kurz und ein- bis zweimal. Die Nachbarn wundern sich nach wie vor über den massiven und scheinbar nicht in den Griff zu bekommenden Flohbefall, ganz gleich wie oft ich ihnen erzähle, warum er sich kratzt. Aber, sie sind ja schon „froh", dass er seine „körperliche Behinderung gemeistert" hat und sich nun wie ein normaler Hund bewegen kann. Ich auch!

Damit kann man leben… das heißt, damit muss ich leben, besser wird's nicht mehr! Nicht mit diesem Sturkopf!

 ## Der Fliegenfänger

Ich glaube jeder Hundebesitzer kennt das Problem und versucht es – um seinen Hund zu schützen – mit mehr oder weniger Erfolg abzustellen: Das Schnappen unseres vierbeinigen Freundes nach allem, was vor seiner Nase herum fliegt. Gerade Bienen, Hummeln und Wespen sollten nicht auf dem Speiseplan eines Hundes stehen, aber irgendwie werden die meisten Hunde von diesen summenden Dingern geradezu magisch angezogen.

So auch Ozzy. Ozzy ist ein leidenschaftlicher Fliegenfänger. Sobald er auch nur eine sieht oder hört, geht er umgehend in den Jagdmodus. Wie ein Vorstehhund steht er mitten im Raum, den Hals gestreckt, eine Pfote gehoben und die Nase in Richtung des Objektes seiner Begierde, steht er wie zur Salzsäule erstarrt, beobachtet das arme Fliegentier und wartet auf seine Chance. In der Sekunde, in der sich die Fliege setzt, springt er nach vorne und schnappt zu. Meist daneben, denn so eine Fliege ist ja auch nicht ganz doof und im Normalfall recht schnell. Das stört den kleinen Drecksack aber überhaupt nicht, denn nun geht er in den für ihn schönsten Teil des Fliegenfangens über: das Jagen!

Wild schnappend rast er hinter dieser Fliege her, donnert dabei ohne Rücksicht auf Verluste über Couchtische, Sofas und nackte Füße, die im Weg stehen und scheppert dabei auch gerne mal in Türen, Schränke oder Fernseher. Bis er sie erwischt – und danach genüsslich verspeist.

Merkt man, dass meine Erziehungsversuche „Nicht nach Fliegedingern schnappen" bei Ozzy eher weniger von Erfolg gekrönt waren?
Ich kann es ihm nicht abgewöhnen! Er liebt es, hinter Fliegen herzujagen. Da unser direkter Nachbar auch noch stolzer Besitzer etlicher Riesenhühner ist, geht Ozzy der Jagdbestand nun leider über die Sommermonate auch nicht aus. Er fängt aber nicht nur Fliegen, das wäre ja noch in Ordnung. Verirrt sich eine Wespe oder Biene in die Wohnung – draußen in freier Wildbahn interessieren ihn komischerweise auch Fliegen nicht, da sind wohl andere Sachen wichtiger – schnappt er auch danach. Logisch! Was mir immer umgehend den Angstschweiß auf die Stirn treibt! Muss er mal alleine in der Wohnung bleiben, werden sämtliche Fenster verriegelt und verrammelt und alles noch schnell nach stechenden Insekten abgesucht. Besser ist das!

Warum ich das jetzt erzähle? Dieses Verhalten ist ja nichts Besonderes, machen sehr viele Hunde.

Es wäre auch vollkommen normal, wenn... ja wenn Ozzy nicht aus irgendeinem unerfindlichen Grund und felsenfest davon überzeugt wäre, dass alle in unserem Haushalt befindlichen Fliegedinger ihm gehören! Punkt!

In der Sekunde, in der einer von uns nach der Fliegenklatsche greift, steht dieser Boxer – der vorher tief und fest geschlafen haben kann – neben uns und beobachtet jede Bewegung. Unsere und die der Fliege, die erlegt werden soll. Setzt sie sich, flitzt er sofort los und versucht sie zuerst zu erwischen. Ich natürlich auch, mir geht diese Fliegenpest hier im Sommer furchtbar auf die Nerven und mit Ozzys Methode dauert es einfach zu lange, bis man die letzte wieder aus der Wohnung befördert hat. Oder in den Boxermagen.

Wir stürmen also fast gleichzeitig los, ich versuche mit der Klatsche draufzuhauen, er zu schnappen, wir rempeln ineinander, ich falle fast über den Boxer und die Fliege ist weg! Super!

Also auf ein Neues. Fliege ausfindig machen, selbstverständlich mit dem Boxer neben mir, der mich nicht eine Sekunde aus den Augen lässt. Ich wünschte, er würde mir nur einmal beim Spazieren gehen so viel Aufmerksamkeit schenken, dieses kleine Biest!

Ich schleiche mich erneut an die Fliege heran – Boxer geht in Alarmbereitschaft. Die Fliege wird anvisiert, ich hebe die Klatsche – der Boxer rast wild schnappend nach vorne und verjagt das blöde Viech wieder!

Irgendwann, mit schimpfen, lachen und mit Schmerzensquiekern, weil er mir wieder einmal auf die nackten Zehen gesprungen ist, habe ich es endlich geschafft und eines dieser lästigen Biester erwischt!

Wer jetzt aber denkt, das war's, Spiel beendet, irrt, denn nun geht der Spaß erst richtig los.

Die Fliege – ob endgültig hinüber oder nur bewusstlos – segelt auf den Fußboden und schon stürzt sich der kleene Drecksack darauf, um sie zu fressen. Da ich das aber wirklich ekelig finde, versuche ich nun meinerseits, einen Fuß zwischen den Boxer und das Insekt zu bekommen und ihn abzudrängen, um es ordnungsgemäß entsorgen zu können. Das sieht nun wiederum das Boxerkind nicht ein – ihr erinnert euch: Alle Fliegedinger gehören dem Boxer – der nun seinerseits auf Kraft und Ausdauer setzt und versucht, mich mit seinem sturen, dicken Quadratschädel einfach zur Seite zu schieben. Und schon haben wir die dollste Rangelei.

Ja, okay, gut, ich gebe es zu: In 9 von 10 Fällen gewinnt der Boxer!

Ich bin spätestens nach der vierten Fliege fix und fertig und sinke schweißgebadet und völlig außer Atem auf meine Couch, während Ozzy sich triumphierend schon nach dem nächsten Opfer umschaut...

Also irgendwie... na, ich weiß nicht, aber so einen leichten Knall hat dieser Boxer schon!

 **Der Putzteufel**

Ein besonderes Highlight in Ozzys Leben sind unsere Putztage. Ozzy hat Staubsauger, Besen und Putzlappen zum Fressen gern. Im wahrsten Sinne des Wortes!
Während ich mich mit meinem Besen bewaffnet ans Werk mache, umkreist der Boxer mich bereits wie ein Rudel Hyänen auf Beutezug.
Da Ozzy extrem haart und auch gerne täglich seine Matte „ausschüttelt" – Sauberkeit muss schließlich sein, Boxer kann ja schließlich nicht auf einer sandigen Matte liegen, auch wenn er bei den Spaziergängen nichts lieber macht, als sich im Dreck zu wälzen – kommt pro Reinigungsdurchgang einiges an Erde, Sand und Haaren zusammen.
Ich starte in einer Ecke des Zimmers, fege den Dreck zu einem kleinen Häufchen zusammen, lasse das Häuflein dort kurz liegen, um in der anderen Ecke des Zimmers weiter zu machen. Hat den Vorteil, dass ich nicht einen großen Haufen vor mir her schieben muss.
Auf diesen Moment hat der kleene Drecksack, der mich immer noch umkreist, nur gewartet! Blitzschnell hüpft er direkt auf den kleinen Haufen, schnappt hinein und verteilt den mühselig

zusammengekehrten Dreck mit den Pfoten in alle vier Himmelsrichtungen!

Na, da bedanke ich mich doch artig. Ich habe ja auch sonst nichts zu tun, als ständig ein und denselben Haufen zusammen zukehren!

Ich scheuche ihn von dem nicht mehr vorhandenen Häuflein weg, kehre den Dreck wieder zusammen und Ozzy fängt an, wild knurrend in den Besen zu beißen!

Nach ein paar Minuten schimpfen und fluchen habe ich ihm endlich den Besen aus der Schnauze gerungen, nur um zuzusehen, wie er sich mit leuchtenden Augen auf den zweiten kleinen Haufen stürzt!

Hab ich schon einmal erwähnt, dass dieser Boxer mich nervenkrank macht?

Nachdem ich das erste Häuflein wieder komplett habe, nehme ich es sicherheitshalber mit und schiebe es mit dem Besen zu dem zweiten nicht mehr vorhandenen Häuflein, versuche den Boxer mit einem Arm auf Abstand zu halten, während ich mit Besen und Beinen vorne meinen Dreck bewache und meine beiden Häufchen Dreck zu einem großen vereine.

Ozzy sieht eine Chance, täuscht links an, flitzt rechts an mir vorbei und... steht wieder mitten drin im Haufen. Jetzt ändere ich endgültig die Taktik und kehre einfach um seine Beine herum. Ozzy sieht das als eindeutige Bedrohung und greift wieder den Besen an, aber mit schnellen, kurzen Bewegungen gelingt es mir, meinen Haufen und den Besen recht unbeschadet bis zu meinem Kehrblech zu schieben. Der Boxer gibt sich für diesmal geschlagen, zieht sich zurück und geht in Lauerstellung.

Denn jetzt gleich – und das weiß er ganz genau – kommt sein ärgster Todfeind: Der Putzlappen!

Der Putzlappen ist Ozzys persönlicher Feind. Dieses nasse, nach Putzmittel stinkende Ding hat in seinen Augen keinerlei Existenzberechtigung und muss daher bei jeder sich bietender Gelegenheit von ihm bekämpft werden! Und diesen Kampf nimmt Ozzy sehr, sehr ernst!

Sobald ich den Lappen aus dem Wasser und um den Schrubber gewickelt habe, kommt dieses kleine Biest mit einer Irrsinns Geschwindigkeit knurrend und bellend angewetzt, schnappt sich einen Zipfel und fängt an zu zergeln. Ich bin natürlich nicht minder schnell und stelle mich postwendend mit beiden Füßen auf meinen armen, gequälten Putzlappen.

Ihr könnt euch sicherlich denken, wie das endet, oder? Keine Chance für mich, den Lappen so gegen einen Boxer zu verteidigen!

Ich stelle mich also mit meinem gesamten Gewicht auf meinen Zipfel des Putzlappens, muss mich innerhalb von Sekunden fest an meinem Schrubber klammern, um nicht den Boden unter den Füßen zu verlieren und rutsche – verzweifelt versuchend meine Balance zu halten – samt Lappen und Schrubber ein paar Schritte durchs Zimmer, während der kleene Drecksack am anderen Ende mit aller Macht zerrt.

In kürzester Zeit hat er den Putzlappen von meinem Schrubber und mir unter den Füßen weggezogen – wobei es mich fast von den Beinen haut – und verschwindet freudestrahlend mit seiner Beute in ein anderes Zimmer.

Auf diese Weise – ich habe manchmal das Gefühl, ich verbringe Stunden damit, dem Boxer den Putzlappen wieder abzujagen – dauert das Putzen in unserem Haushalt natürlich etwas länger. Der Boden ist danach allerdings porentief rein, die Methode, mit dem nassen Lappen über den Boden zu rutschen ist hervorragend zur unkomplizierten, schnellen Beseitigung eventuell vorhandener Flecken, die bei einem Rüden ja gerne mal auftreten, geeignet. Gut, nicht wahr?

Äh... hab ich schon erwähnt, dass dieser Boxer mich echt nervenkrank macht?

Ozzy der Superschnüffler

Wenn dieser Boxer eines leidenschaftlich gerne macht – außer mich manchmal an den Rand des Wahnsinns zu treiben – ist es jede Art von Suchspiele.

Ozzy sucht für sein Leben gern und für einen Boxer, der ja nun nicht über die Nase eines Bluthundes verfügt, extrem gut, schnell und zuverlässig!

Ozzy sucht rückwärts nach verlorenen Gegenständen, großflächig nach versteckten Gegenständen und am liebsten nach einer „verloren gegangenen Person". Meist bin ich das.

Aber auch so findet er regelmäßig allen möglichen Kram, den jemand absichtlich oder versehentlich verloren hat. Ich könnte mittlerweile schon ein kleines Fundbüro aufmachen, wir haben einen ganzen Karton mit diversen Gegenständen – die müssen natürlich immer fein säuberlich mitgeschleppt werden, darauf besteht der Boxer – und einen mit gefundenem Hundespielkram. Auf seiner Liste stehen unter anderem die beiden Handys der Nachbarin, gesucht, gefunden und abgeliefert, Schals, Handschuhe, einige Sonnenbrillen, eine Taschenlampe, 2 Hundeleinen und einen Maulkorb (wie verliert man so was?) Kindersocken, einen Regenschirm Marke Knirps und eine Brieftasche mit allen Papieren.

Dass einzige, was Ozzy nicht so gut kann, ist „Fährte", doch das ist meine Schuld, ich habe es selten mit ihm geübt, weil es mir bisher einfach zu uninteressant war. Muss aber zugeben, dass ich mich mit dem Thema klassische Fährte, wie sie auf den Hundeplätzen trainiert wird, auch noch nicht intensiv beschäftigt habe. Kommt vielleicht noch, wenn ich mal wieder etwas frischen Wind in unsere Suchspiele bringen möchte.

Wie gesagt, am liebsten sucht er jedoch nach Personen, also in der Regel nach mir. Ich hoffe immer noch, dass bald ein Platz in unserer Mantrailing – Gruppe frei wird, das würde diesem Boxer riesigen Spaß machen. Bis dahin spielen wir halt, wenn es Wetter und Umgebung zulassen – je schlechter das Wetter umso weniger Menschen mit „Tutnixen" unterwegs und Ozzy kann ungestört frei laufen – unser „Such die Mama" Spiel.
Es ist wirklich alles nur Spiel und Spaß, wir machen nichts davon professionell. Ozzy sucht frei – also unangeleint – und in seinem Tempo, also schnell.
Ozzy wird angeleint und abgelegt. Vorzugsweise an einer Stelle, von der aus er nicht sehen kann, in welche Richtung ich gehe, das kleine Biest schummelt nämlich gerne.
Während mein Mann bei ihm bleibt, marschiere ich los,

kämpfe mich auch schon mal durch Büsche und Gestrüpp – man will es dem Boxer ja auch nicht so leicht machen – und verstecke mich irgendwo. Dann folgt ein Pfiff von mir als Signal an meinen Mann: Der Boxer kann losgeschickt werden.

Eines Tages war es dann wieder einmal soweit. Das Wetter war toll, es war nass und kalt, stellenweise lag sogar noch etwas Schnee, weit und breit keine Menschen- oder Hundeseele unterwegs, beste Voraussetzungen also für ein Suchspiel.

Noch einmal schnell die Umgebung abgesucht, nein, es war alles ruhig. Ozzy angeleint, meinem Mann übergeben und ab! Ich flitzte im Zickzack über ein Feld, in Schlangenlinien über eine kleine Wiese, kämpfte mich durch zwei Gebüsche, überquerte noch ein kleines Feld und schlitterte schließlich eine kleine Böschung hinunter, um unten neben einem kleinen Busch in Deckung zu gehen. Noch ein schneller Blick über die Böschung – es war weit genug vom Boxer entfernt. Ha! Perfekt!

Ich pfiff, machte es mir so gut es ging gemütlich – lang würde es eh nicht dauern, bis Ozzy im Galopp hier aufschlagen würde – und wartete. Und wartete. Uuuund wartete... Langsam wurde es ungemütlich. Ich hatte zwar eine Thermohose an, da ich aber ruhig im Schnee lag, kroch mir die Kälte doch so langsam die Beine hoch. Naja, lange konnte es unmöglich mehr dauern, Ozzy fand mich normalerweise innerhalb weniger Minuten. Also beschloss ich, noch ein wenig durchzuhalten und zu warten. Und wartete... und wartete.

Nun wurde es wirklich fies. Meine Füße verwandelten sich in Eisklumpen, ich spürte meine Finger trotz dicker Handschuhe kaum noch und ganz sanft fingen meine Zähne an zu klappern. Verdammich, wo blieb denn dieser Hund? Ich linste über die Böschung – nichts! Kein Zipfelchen von einem Boxer weit und breit. Ob er vielleicht irgendwo falsch abgebogen war, oder die Spur verloren hatte? Quatsch, nicht Ozzy! Dieser Hund bog nicht verkehrt ab, niemals! Aber vielleicht hatte mein Mann ihn aus irgendeinem Grund erst später losgeschickt? Gut, ein paar Minuten würde ich noch aushalten, doch wenn er dann nicht auftauchte...
Ich kroch wieder neben meinen Busch und... wartete!
Meine Zähne klapperten nun schon stärker. Just in dem Augenblick, als ich aufgeben – ich sah mich schon im Geiste unter einer Schneedecke neben diesem blöden Busch begraben, einsam und verlassen an Unterkühlung verstorben – und nach meinem verschollenen Boxer suchen wollte, hörte ich das ersehnte Schnaufen und das Wumpern von Pfoten. Endlich!
Und schon erschien der kleene Drecksack in meinem Blickfeld. Im vollem Galopp donnerte er in meine Richtung, trampelte mir brutal über den Bauch, verpasste mir dabei mit seinem dicken Schädel noch eine Kopfnuss, die wohl ein „Ich hab

dich!" – Kussi werden sollte und war in Nullkommanichts wieder verschwunden!

Ja, was zum Geier sollte denn das jetzt? Stöhnend rappelte ich mich hoch, rieb mir meinen Bauch und meinen Kopf und machte mich, halb erfroren, an die Verfolgung. Nach ein paar Minuten kam mir mein Mann, den Boxer an der Leine, grinsend entgegen. Auf meine Frage, was denn so lange gedauert hätte, bekam ich folgende Antwort...

Mein kleener Drecksack flitzte mir anfangs wie immer begeistert hinterher. Ungefähr auf der Mitte des Feldes, über das ich gelaufen war, stoppte er aber plötzlich ab, hob die Nase und schnüffelte in die Richtung des Trampelpfades, der neben diesem Feld entlang läuft. Dieser Trampelpfad führt in einem Halbkreis über Felder und Wiesen und weiter unten wieder auf den normalen Spazierweg, von dem aus Ozzy gestartet war, zurück. Danach muss Ozzy noch ein paar zögerliche Schritte auf dem Feld in meine Richtung gemacht haben, bevor er endgültig auf den Trampelpfad lief und verschwand. Da mein Mann nun auch nicht genau wusste, wo ich mich versteckt hielt, ließ er ihn laufen. Nach einer Weile kam Ozzy auf dem Pfad zurück, zögerte, schien zu überlegen und rannte wieder auf das Feld, um meine Spur aufzunehmen und mit einem Affenzahn loszuzischen.

Was ich nicht gesehen hatte und mein Mann zu spät: Unsere Nachbarin war einige Minuten vor uns fast in die gleiche Richtung gegangen wie ich, nur auf dem Trampelpfad und nicht quer übers Feld. Mit ihrer Hündin an der Leine!

Ich fand es im Nachhinein aber doch recht nett, dass Ozzy wenigstens kurz bei mir „vorbeigekommen" ist, bevor er versuchte, die Hündin einzuholen und dabei Gott sei Dank meinem Mann in die Arme lief... denn: Angeblich war sie läufig!

Hab ich eigentlich schon einmal erwähnt, dass mich dieser Hund wirklich schafft?

Die Sache mit der Fledermaus

In den warmen Sommermonaten verschieben wir unsere großen Spazier- und Tobegänge grundsätzlich in die späten Abendstunden. Ozzy mag Wärme nicht, er ist ein „Schlecht-Wetter-Boxer"! Je kühler, umso besser. Mir geht es übrigens genauso.

So kann es durchaus passieren, dass wir unterwegs sind, wenn es schon dunkel ist. Damals mit Isaac reichte eine kleine Taschenlampe, er legte aufgrund seines Alters nicht mehr soviel Wert auf einen kilometerlangen Gewaltmarsch und lief ja nun auch überwiegend ohne Leine.

Anders bei Ozzy: Dieses Kind möchte beschäftigt werden, überschüssige Energie abbauen, rennen, toben. Sonst ist er es nicht. Sonst wird das Kind maulig und nervig!

Bei den stundenlangen Gassi und Tobegängen stieß meine kleine „Funseltaschenlampe" schnell an ihre Grenzen des Machbaren. Weshalb ich mir eine schöne Stirnlampe anschaffte, die im Umkreis von 160 Metern alles fast taghell ausleuchtet. Und das ist auch gut so.

Erstens möchte ich die vierbeinigen und alle eventuell auftauchenden „zweibeinigen" Wildschweine sehen, bevor sie mich entdecken, da wir auch im dunklen die normale Runde durch Felder und Wiesen laufen. Zweitens: Ich habe die Hände frei, bin abgesichert – kann Ozzy schnell genug zurück pfeifen, falls uns tatsächlich noch Spaziergänger oder Radfahrer – beide „Arten" selbstverständlich unbeleuchtet und ohne meine Stirnlampe erst sichtbar, wenn Ozzy schon fast in sie reindonnert – entgegen kommen und ich kann die Spielwiese nach Wild absuchen und so Ozzy auch im dunklen frei toben lassen.

Um in die Felder zu gelangen, müssen wir, wenn ich nicht gerade einen ziemlich steilen Hang hoch keuchen möchte, durch den sogenannten „grünen Tunnel", ein Spazierweg, der links und rechts durch Bäume und Büsche gesäumt ist.
Kurz nachdem ich mir die Stirnlampe angeschafft hatte, schloss sich uns bei unseren allabendlichen Spaziergängen durch den Tunnel ein neuer, kleiner Freund an: Eine kleine Fledermaus namens Vladimir!

Vladimir flatterte fröhlich zwischen mir und Ozzy, der an der langen Leine vor mir lief, hin und her und fing sich die Motten, die angezogen von meinem Lichtstrahl fast in mein Gesicht flogen. Kleiner Nachteil einer Stirnlampe übrigens, das ganze Insektenzeugs versammelt sich direkt um den Kopf. Man läuft also praktisch in einer Wolke von Motten, Stechmücken und sonstigen Fliegeviechern, die nachts so herumschwirren.

Aber dafür gab es ja unseren kleinen Vladimir. Es war so spaßig zuzusehen, wie er hin und hersauste und sich die dicksten Motten schnappte. Dabei kam er mir ab und zu so nah, dass ich einen Schritt rückwärts ging, weil ich Angst er hatte trifft mich. Hat er nie, obwohl er manchmal nur Zentimeter entfernt vor meiner Nase vorbeidüste.

Vladi flog also jeden Abend unsere komplette Runde mit. Anfangs nur im „Tunnel", begleitete uns der kleine Kerl nach und nach durch Feld und Wiesen. Erst unten an der Straße verabschiedete er sich und zog mit vollem Bauch von dannen.

Eines Abends änderte er plötzlich seine Taktik. Er flog nicht wie üblich zwischen Ozzy und mir, sondern flatterte auf einmal in ca. 50-60 Zentimeter Höhe direkt vor Ozzys Nase herum. Die ersten paar Meter störte es Ozzy nicht so arg, doch als Vladimir immer näher und näher kam, wurde er unruhig und zuckte auch schon mal mit dem Kopf zurück. Ich stoppte und versuchte Vladi wegzuscheuchen, doch der dumme kleine Kerl hielt eisern an seiner neuen Flugbahn fest.

Und dann passierte es: Ein unwilliges, kurzes Knurren, der kleene Drecksack sprang hoch, ein kurzer Schlag mit der Pranke und Vladimir trudelte getroffen zur Seite, klatschte auf den Boden auf, überschlug sich einmal und blieb liegen! Ozzy marschierte hin, schnüffelte kurz, schnaufte zufrieden und wollte seinen Weg fortsetzen. Nervendes Objekt erledigt, fertig!

Hab ich mich erschrocken! Mein armer, kleiner Freund.

Natürlich bin ich sofort – nachdem ich den kleenen Drecksack an einen Baum gebunden hatte, was er so gar nicht witzig fand – an seine Seite geeilt, um ihn zu untersuchen. Vorsichtig stupfte ich Vladi mit einem Stöckchen an, der regungslos auf dem Bauch lag, die Flügelchen von sich gestreckt. Ich dachte schon, er ist tot! Aber da bewegte er sich. Langsam, ganz langsam rappelte er sich hoch, stützte sich auf seinen Flügeln ab und flatterte nach ein paar Minuten davon! Dem Himmel sei Dank! Nichts passiert – gut, einen Brummschädel wird er wohl gehabt haben.

Es dauerte über eine Woche, bis Vladimir – auf Abstand und in sicherer Höhe – uns wieder auf unseren Spaziergängen begleitete, ich dachte schon, er hätte uns die Freundschaft gekündigt. Naja, zumindest die zu Ozzy!

Übrigens: so holt der kleene Drecksack auch Glühwürmchen - meine heißgeliebten „Zauberfeen" – aus der Luft, wenn sie zu dicht vor seiner Nase herumschwirren. Motten dagegen werden in der Luft geschnappt und gleich gefressen!

Ich sag's ja immer wieder: Einen leichten Knall hat dieser Boxer!

 # Die Boxerpfeife

Ein kleines, großes Problem in Ozzys Erziehung stellt das zuverlässige Abrufen dar. Ab und an klappt es mehr als sehr gut, meistens nicht. Wir üben ja schon mit Schleppleine, aber hin und wieder soll und darf er ja auch einmal frei herumtollen, immer nur an der Leine ist ja auch blöde. Freilauf deshalb nur an Stellen, die ich einsehen kann – weit einsehen kann.

Trotzdem passiert es, dass eine Katze unverhofft auftaucht, oder der kleene Drecksack meint, etwas Interessantes zu sehen, hören oder riechen und dann ist er, schwupp – weg!
Wenn Ozzy durchstartet, dringt lautes Rufen und Brüllen nicht bis zu seinem kreativen, kleinen Glitzerknetenhirn vor. Ein Pfiff schon.
Da ich nun aber zu den armen Seelen gehöre, die beim Pfeifen mit den Lippen oder auf den Fingern nicht mal ein leises Quietschen zustande bringen, habe ich mir eine Hundepfeife zugelegt.
Diese Hundepfeifen werden in der Werbung und in jeder Zoohandlung als „wahre Wunderwaffen" angepriesen, in allen Formen und Farben. Meist sind es ja die „lautlosen", die nur

für Hundeohren – man beachte: Die Betonung liegt auf Hundeohren, also nicht Boxerohren – hörbar sein sollen, die sich wie warme Semmeln verkaufen.

Natürlich musste ich auch so ein Wunderding haben, ist ja klar, ein lautloser Pfiff, Boxer macht auf dem Absatz kehrt und kommt zurück – hat was, oder nicht?

Bei der ganzen Sache, die so schön durchdacht war, gab es nur ein massives Problem: Den Boxer!

Irgendwie ist die Wirkung dieser lautlosen Hundepfeifen und wie man als Hund – noch einmal: Die Betonung liegt auf HUND, nicht Boxer! – darauf zu reagieren hat, bei Ozzy noch nicht angekommen. Oder er hat einfach keine Lust, jeden Trendquatsch mitzumachen und ignoriert sie deshalb konsequent. Wer weiß?

Fest steht: Egal, wie fest ich in diese dusselige, lautlose Hundepfeife pustete – mal so ganz nebenbei: richtig lautlos sind die Dinger überhaupt nicht – dieses jämmerliche, sanfte und leise „Fiiiep", das dieses Ding von sich gab, wurde von Ozzy geflissentlich überhört! Jedes Mal!

Ob ich nun pfiff, rief, brüllte oder den Ententanz tanzte, es hatte alles die gleiche Wirkung. Nämlich keine! Boxer war weg, Basta!

Irgendetwas, auf das der kleine Drecksack reagierte, musste her, das war ziemlich schnell klar. Mit dem „Fiiiep, fiiep" dieser Hundepfeifen konnte man vielleicht eine Feldmaus aus ihrem Loch locken, aber ganz bestimmt nicht den Boxer herbei rufen.

Nachdem ich schon am verzweifeln war, weil ich absolut nichts Geeignetes fand, überreichte mir mein Mann eines Tages eine Bundeswehr-Trillerpfeife. Ha! Die Wirkung war durchschlagend! Einmal kurz und nicht mal sonderlich fest hinein gepustet und der Boxer reagierte sofort. Ich war selig.

Eines Abends waren wir wieder einmal im dunklen unterwegs. Irgendwie war in der letzten Zeit bei uns „der Wurm drin". Ozzy hatte sich ein Gelenk gezerrt, weshalb er zwei Wochen an der Leine bleiben und nicht toben durfte. Dann, als er endlich wieder rennen konnte, wurde es schlagartig richtig heiß. Also wieder nur kleine Runden. Irgendwie ist meinem Jung dann das blöde, schwülheiße Wetter und die Langeweile auf den Magen geschlagen und er bekam zusätzlich noch massiven Durchfall. Was wiederum zur Folge hatte, dass er noch kleinere Runden lief und wenig Futter bekam.

An diesem Abend schlurfte der kleene Drecksack schnaufend und seufzend neben mir her, dass ich schon dachte, ich müsse ihn heim tragen. Alle paar Meter blieb er stehen, seufzte abgrundtief und schlich dann ein paar Schritte weiter. Eine Weinbergschnecke, die zügig an uns vorbeimarschierte, erkundigte sich sorgenvoll, ob denn mit dem Boxer alles in Ordnung sei. Ja,ja, okay, schon klar – geschwächt durch Hitze, Durchfall und wenig Fressen…

Wir erreichten endlich den Trampelpfad, der über die Wiesen zurück zu unserer Straße führte. Die Wiesen waren noch nicht gemäht, Brut- und Setzzeit, und so durfte er abends auch nur auf einer bestimmten Wiese frei laufen, denn diese Spielwiese blieb aus irgendeinem Grund recht niedrig. Gut für mich, so konnte ich sie prima mit der Taschenlampe absuchen.

Da wir nun aber in Zeitlupe unterwegs waren, dachte ich mir, ich lasse ihn mal von der Leine, damit er wenigstens links und rechts ein bisschen ins Gras laufen konnte. Dachte ich mir so. Schnell würde er eh nicht unterwegs sein, er klappte ja so schon fast zusammen, ich machte mir ja schon richtig Sorgen um den Bub. Dachte ich halt so.

Ich griff also nach unten, löste den Karabiner… und in der Sekunde, in der der kleene Drecksack das Klicken des Karabiners hörte, warf er wie ein Pferd den Kopf in die Luft und weg war er! Dieser Hund schoss ab wie eine Rakete und war innerhalb eines Bruchteils einer Sekunde spurlos verschwunden! Im hohen Gras! Im Stockfinsterdunklen! Mitten in der Brut- und Setzzeit und ohne Leuchtie!

Im ersten Moment stand ich wie vom Donner gerührt mit offenem Mund da, doch dann bekam ich fast einen Anfall. Wenn nämlich eines nicht passieren musste, dann, dass mein Sargnägelchen in freier Wildbahn auf unseren Rehbock trifft. Oder überhaupt auf ein Reh!

Panisch schnappte ich die Pfeife und pustete mit aller Kraft hinein. Äh... ich habe schon erwähnt, dass ich eine Bundeswehrtrillerpfeife habe, weil Sargnägelchen Hundepfeifen ignoriert? Hat von euch, meine verehrten Leser, schon mal jemand so fest es geht in eine Bundeswehrtrillerpfeife geblasen? Nein? Dann probiert es auch bitte nicht aus!

Allerdings: Boxer saß innerhalb von 30 Sekunden mit großen Augen und besorgtem Gesichtsausdruck vor mir! Ich hingegen stand mit kugelrunden Augen da, weil ich urplötzlich außer einem lauten, penetranten Klingeln in den Ohren nichts mehr hörte.

Nach einer Weile darin herumbohren und daran herumdrücken ploppte es wenigstens im rechten Ohr. So packte ich den kleenen Drecksack sicherheitshalber wieder an die Leine und begab mich weiter in Richtung Heimat.

Ozzy latschte – Entschuldigung, aber anders kann man es nicht beschreiben – wieder völlig gelangweilt und genervt neben mir her, ich fummelte immer noch an meinem linken Ohr herum, weil es nach wie vor klingelte und taub war. Ozzy schnüffelte hier ein bisschen, da ein bisschen... blieb auf einmal stehen, hob den Kopf, drehte sich blitzschnell um und flitzte bösartig knurrend und bellend hinter mich, wobei er mich noch in den Kniekehlen erwischte und mich damit fast von den Füßen holte.

Ich schwöre euch, ich habe fast einen Herzinfarkt bekommen. Ich dachte, da steht irgendwer oder irgendwas hinter mir. War ich ja immer noch fast taub, hätte es so auch nicht bemerkt, wenn sich jemand oder etwas anschleicht?

Aber als ich mich umdrehe, da steht nur dieses selten doofe Boxerviech hinter mir und will mich bellend und knurrend zum Toben auffordern? Ja, hat der sie noch alle? Ja um Himmels Willen, ich bin in einem Alter, indem man von solchen „Scherzen" tatsächlich mal einen Herzinfarkt bekommen könnte?

Mann, Mann, Mann, ich sag's ja: Der letzte Nagel zu meinem Sarg ist dieser Boxer!

Ozzy und die Abfallentsorgung

Ich weiß nicht, irgendwas stimmt mit diesem Boxer nicht! Ich könnte es jetzt nicht mal genau benennen, entweder ist er ein Messi oder aber einen Antiquitäten – Liebhaber? Ich weiß es wirklich nicht.

Fakt ist: Dieser Hund kann so ziemlich alles gebrauchen, was er draußen findet, egal wie alt, dreckig oder kaputt. Und er findet eine Masse, glaubt mir das. Selbstverständlich muss die ganze tolle Beute auch mit nach Hause genommen werden, wo ich sie dann still und heimlich in der Mülltonne verschwinden lasse.

Ein besonderes Highlight für Ozzy sind die Sperrmüllabholtage. Man könnte fast sagen, an diesen Tagen fällt für Ozzy Weihnachten, Ostern und sein Geburtstag auf einen Tag.

Sobald er einen Sperrmüllhaufen sieht, ist alles andere in seinem Umfeld für ihn völlig uninteressant. Kaum angekommen, taucht er ein in eine Welt voller kostbarer Schätze. Heißt, er schiebt seinen Quadratschädel in jede Ritze und in jede Lücke, die er findet! Jeder Zentimeter dieses Schrotts wird genau in Augenschein genommen und sorgfältig abgeschnüffelt. Könnte ja eventuell noch brauchbar sein. Ich stehe derweil doof auf der Straße rum, schaue in den Himmel und zähle leise pfeifend die Sterne und hoffe inständig, dass mich keiner der Nachbarn sieht, während mein Boxer mit einer Lautstärke, die Tote wecken könnte, in diesen Müllhaufen herum kramt.

Und das dauert! Es dauert ewig, bis er fertig ist!

Neulich hat er drei Sperrmüllhaufen hintereinander gefunden. Der kleene Drecksack befand sich in einem wahren Glücksrausch, während ich – mich seufzend meinem Schicksal ergebend – hinterher wackelte und mir vor jedem Haufen die Beine in den Bauch stand.

Beim letzten dann der Volltreffer: Ozzy verschwand bis zur Rutenspitze unter ein paar Brettern und alten, stinkigen Teppichen, rumpelte darin herum, zog und zerrte. Ein paar dicke Holzleisten und Metallstangen, die fein säuberlich gestapelt waren, brachen unter großem Getöse zusammen und ich schielte schon wieder peinlich berührt auf die umliegenden Fenster, als er endlich wieder auftauchte und etwas langes, schmales hinter sich herzog. Auf dem Bürgersteig schnappte er es sich richtig und stiefelte los! Ich musste zweimal hinschauen, bevor ich erkannte, was das nun war. Ein Baseballschläger! Na super. Wer in der heutigen Zeit der Kampfhund – Medien – Hysterie mit einen Boxer spazieren geht, kennt sicherlich auch das seltsame Phänomen, dass man plötzlich den gesamten Bürgersteig zur freien Verfügung hat und Passanten hektisch die Straßenseite wechseln.

Nun stellt euch folgende Situation vor: Ein nicht gerade kleiner, dunkler Boxer mit einem Baseballschläger quer im Maul, der – sich stolz in die Brust werfend, weil er so etwas Tolles gefunden hat – erhobenen Hauptes und Rute den Bürgersteig entlang stolziert! Nur gut, dass es spät am Abend und somit nicht viele Spaziergänger unterwegs waren. Doch ein junger Mann kam uns joggend entgegen. Unsere Jogger hier sind normalerweise jenseits von Gut und Böse, rasen genau auf den Hund zu, selbst wenn der Weg neben uns Meterbreit frei ist, werden keinen Deut langsamer – man könnte ja aus dem Tritt kommen – und springen zur Not noch über die Leine, wenn man sich nicht samt Hund schnell genug aus dem Weg beamt und das alles wird meist recht pampig kommentiert.

Dieser junge Mann kam also wieder einmal direkt auf uns zu. Ozzy sieht ihn und bleibt stehen, weil er auf das „zur Seite" Kommando wartete... der junge Mann sieht Ozzy, bremst plötzlich abrupt ab. Bleibt mit großen Augen stehen. Geht ganz langsam und bedächtig, Ozzy und seinen Schläger nicht aus den Augen lassend, einige Schritte vom Bürgersteig herunter mitten auf die Straße und schleicht dort – Oz saß mittlerweile neben mir – langsam und bedächtig und, oh Wunder, höflichst grüßend an uns vorbei! Der Gesichtsausdruck des Joggers und etlicher Autofahrer: Unbezahlbar!

An dem Abend habe ich beschlossen, dass Ozzy seinen Baseballschläger nun jeden Tag mit nehmen darf!

 ## Der Pfadfinder

Leider muss ich mich jetzt noch einmal outen: Nicht schlimm genug, dass ich eine gestörte Hand – Augenkoordination habe – obwohl das schon so gut wie behoben ist, seit ich mit Ozzys Spielzeug täglich übe – nein, ich habe auch noch einen Orientierungssinn wie eine sturzbetrunkene Brieftaube! Mich könnte man prima aussetzen, ich finde garantiert nicht heim. Selbst in meiner Heimatstadt nicht! Nein, kein Scherz, es ist grauenhaft. Eines meiner liebsten Erfindungen ist das Navi und eigentlich müsste ich so ein Ding ununterbrochen mit mir herumtragen.

Seit ich Ozzy habe, beziehungsweise wenn Ozzy bei mir ist, habe ich mit der Orientierung allerdings keine Probleme mehr. Ozzy findet seinen Weg mit schlafwandlerischer Sicherheit nach Hause, egal, ob er die Strecke kennt oder nicht! Manchmal habe ich den Eindruck, dieser Hund hat die kompletten Straßen- und Wegekarten aus der Umgebung in seinem kleinen Glitzerknetenhirn gespeichert. Kommt er in eine neue Umgebung, wird einfach ein „Up-Date" gemacht!

Mhhh... das würde allerdings auch erklären, warum in seinem Hirn nichts anderes mehr Platz hat – wie zum Beispiel die Lei-

nenführigkeit. Alles belegt mit Straßenkarten! Ein lebendiges Boxernavigationsgerät, sozusagen.
Nun ja, wenn man schon so ein zu 100% zuverlässiges Boxernavi besitzt, sollte man ihm allerdings auch vertrauen. Oder?

Eines Tages – es war recht warm – dachte ich, eigentlich könnten wir ja wieder einmal in den kleinen Wald gehen, den wir in der Nachbarschaft haben. Im Wald ist es kühler, die ganzen „Sonnenanbeter" jagen ihre armen, geplagten Tutnixe lieber durch die Mittagshitze, freie Bahn für den kleenen Drecksack und mich also...
Gesagt getan. Diese Strecke war ich bisher nur zweimal mit Ozzy gelaufen, fand sie aber wunderschön.
Ich packte das Özzelchen an die Schleppleine – für seine Sicherheit und die meiner Nerven – und ab ging es hinein in den schönen, kühlen Wald. Ozzy flitzte von links nach rechts, schnüffelte hier ausgiebig, begutachtete hier und da mal einen Stock, buddelte riesige Löcher und hatte sichtlich seinen Spaß. Da er wirklich gut lief, entspannte auch ich mich immer mehr und lief schließlich vor mich hin träumend den Weg entlang. Bis ich einen Ruck an der Leine bekam, die ich mir um die Hand gewickelt hatte!

Eine Weggabelung. Ich war dem rechten Pfad gefolgt, Ozzy allerdings zog entschlossen nach links. Normalerweise wäre ich ihm jetzt nachgegangen, um den Weg in dieser Richtung noch ein bisschen zu erkunden, da wir aber recht spät losgegangen und schon recht lange unterwegs waren, wollte ich nur noch nach Hause. Der Weg nach Hause war aber nun mal der rechte, also mein Pfad. Ich rief Ozzy zu mir – nichts. Der Boxer blieb stur auf seinem Weg stehen. Ich rief noch einmal, diesmal etwas nachdrücklicher. Ozzy bewegte sich aufreizend langsam in meine Richtung, nur um sich kurz vor mir umzudrehen und wieder auf seinen Weg zu flitzen. Nun war ich schon etwas angesäuert. Ich rief ein weiteres mal, diesmal sehr laut und deutlich. Ozzy schaute sich um, seinen Weg entlang, schaute wieder in meine Richtung, das ganze Gesicht in Falten gelegt und rührte sich keinen Millimeter. Dieser sture, kleene Drecksack aber auch.

Schimpfend angelte ich meinen Boxer mit der Schleppleine heran, wobei ich ihm fast das Brustgeschirr über den Kopf zog, denn der kleine Mann wehrte sich vehement gegen den Richtungswechsel, nahm ihn bei Fuß und marschierte weiter. Ozzy schlappte lustlos neben mir her, sich immer wieder umdrehend und warf mir Blicke zu, die man nur mit „ blöde Mama, blöde!" auslegen konnte.

Irgendwie kam mir dieser Weg aber nun so gar nicht bekannt vor, was aber bei meinem Orientierungssinn nichts zu bedeuten hatte. Je weiter wir gingen, umso enger und verwilderter wurde der Weg. Ozzy musste nach wie vor fast zu jedem

Schritt gezwungen werden und schoss mir weiterhin Blicke zu, die ganz eindeutig zeigten, was er in diesem Moment von mir hielt. Nicht viel jedenfalls.

Ich liebe die Mimik dieses Hundes. Um genau zu sein, den Ausdruck seiner Augen! Auch wenn es für mich manchmal nicht so ganz schmeichelhaft ist. Ozzy kann mit seinen Augen mehr mitteilen, als manch ein Mensch mit Worten. So ganz nebenbei ist dieser Boxer auch noch ein begnadeter Schauspieler. Seine „Ich bin mit Abstand der ärmste Hund der Welt und keiner liebt mich und Mama ist soooo doof" – Vorstellung zum Beispiel ist Oskarverdächtig und hat ihm von mir schon 1235 Nominierungen für den besten Hauptdarsteller eingebracht.

Urplötzlich endete der Weg vor einer Wand aus Gebüschen und Brombeerranken. Sackgasse! Verdammich! Irgendwo war ich wohl verkehrt abgebogen, nur wo und nun den ganzen Weg wieder zurück laufen? Niemals.

Ozzy saß super artig neben mir und schaute super gelangweilt ein paar Ameisen zu, während ich verzweifelt überlegte, was ich tun sollte. Auf keinen Fall den ganzen Weg zurück. Ich beschloss, quer durch das Gestrüpp zu gehen, auf der anderen Seite musste ja der Weg sein, den ich verpasst hatte.

Ich nahm Ozzy hinter mich und kämpfte mich wie ein Minipanzer durchs Gebüsch. Völlig zerkratzt, mit puterrotem Kopf und nass geschwitzt brach ich endlich auf der anderen Seite durch – und stand wie vom Donner gerührt mitten auf Ozzys Weg!

Ozzy stolzierte erhobenen Hauptes und mit einer Arroganz, zu der nur Ozzy fähig ist, an mir vorbei, schenkte mir noch einen verächtlichen „Hab ich dir doch gleich gesagt!" – Blick und begab sich Richtung Heimat! Ich schwöre, dieser kleene Drecksack hat auf dem ganzen Heimweg vor sich hin gegrinst!

Nicht, dass jetzt jemand auf die Idee kommt, ich sei nicht lernfähig – denn seit diesem Tag hat der Boxer in solchen Situationen die Führung!

 ## Ozzy – der „kleene Drecksack

Hier endet dieses kleine Büchlein. Ozzy ist jetzt etwas über dreieinhalb Jahre alt. Langsam, sehr langsam aber stetig wird er durch Geduld und Konsequenz etwas ruhiger, „Alltagstauglicher". Ich auch.
Aber keine Angst, neue Geschichten werde ich immer zu erzählen haben. Dafür sorgt er schon, mein kleener Drecksack.

Wie schon erwähnt, sollten manche Aussagen über den kleinen, schwarzen Teufel wirklich nicht so bierernst genommen werden.
Natürlich könnte ich mir manche Situation ersparen und Ozzy zum Beispiel beim Putzen auf seine Matte schicken. Was im Notfall, wenn es einmal schnell gehen muss auch passiert. Der kleene Drecksack kann Spiel und Ernst sehr gut unterscheiden und hat damit keinerlei Probleme.

Aber ganz ehrlich: Wo bliebe dann der Spaß?

Das Leben – Ozzys Leben – ist einfach zu kurz, um alles zu verbieten, zu ernst zu nehmen, keinen Spaß zu haben!

Und diejenigen, die nun vielleicht nach den vorherigen Geschichten zu der Erkenntnis gekommen sein sollten, dass ich Ozzy nicht ganz so lieb habe, wie seinen weißen Vorgänger, auch diejenigen muss ich leider bitterlich enttäuschen!

Dieser Boxer ist schon jetzt mein zweiter Seelenhund. Ich liebe diesen wilden, hibbeligen, sturen, penetranten und manchmal echt massiv nervenden Grobmotoriker – der mich genauso schnell vor Frust zum Heulen bringen kann, wie er mich täglich zum Lachen bringt – von ganzem Herzen. Isaac hat mir beigebracht, auch mal über mich selbst zu lachen und das Leben einfach lockerer zu sehen. Ozzy hingegen lehrt mich Ruhe, Geduld und niemals aufzugeben!

Während Isaac mich mit seiner „charmanten Art" um die Pfote wickelte, schafft es Ozzy mit seiner zwar auch liebenswert-freundlichen, aber eher pfiffigen, selbstbewussten und manchmal motzig-trotzigen Art! Dieser Boxer weiß was er will – und was er nicht will!

Das Leben mit dem kleenen Drecksack ist oft anstrengend, frustrierend, aber gleichzeitig irrsinnig lustig und schön.

Und ich hoffe, wir haben noch viele schöne und gesunde Jahre, um gemeinsam die Welt zu entdecken.

Denn ich ohne meinen kleenen Drecksack?

Unvorstellbar!

Bereits erschienen:

ISBN 9783837098099

ISBN 9783839108574

ISBN 9783842332850

ISBN 9783848227631

Lightning Source UK Ltd.
Milton Keynes UK
UKHW010910080223
416610UK00014B/1509